朋友之间

בין חברים

朋友之间

בין חברים

[以色列]阿摩司·奥兹 著
钟志清 译

译林出版社

目录

挪威国王 ………………… 1
两个女人 ………………… 17
朋友之间 ………………… 29
父亲 …………………… 47
小男孩 ………………… 69
在夜晚 ………………… 87
戴尔阿吉隆 ……………… 107
世界语 ………………… 131

译后记　奥兹与他的以色列基布兹世界 ………………… 153

挪威国王

在我们耶克哈特基布兹，有个身材矮小的单身汉。他叫兹维·普罗维佐尔，五十五岁左右，两只眼睛不住地眨动，喜欢散布坏消息：地震、飞机失事、楼房坍塌砸了住户、火灾、发大水。他每天早早地便看报纸，收听各种新闻广播，这样一来，他就能在食堂门口截住我们，用那些新闻让人大吃一惊：在加勒比海，一艘渡船翻了，六百名乘客淹死……他还用心记讣告。他总是最先知道哪位名人去世，并把消息告诉整个基布兹。一天早晨，他在诊所门前的小路上把我拦住。

"你听说过一位叫维斯拉夫斯基的作家吗？"

"听说过。怎么了？"

"他去世了。"

"很遗憾听说此事。"

"作家也会死的。"

还有一次,我正在食堂值班,他截住了我:"我看到讣告栏里说你祖父去世了。"

"对的。"

"三年前,你外公去世了。"

"对的。"

"那么这是爷爷辈最后一位亲人了。"

兹维·普罗维佐尔是基布兹的园丁。他每天早晨五点钟起床,重新放置洒水器,给花圃松土,栽种,剪枝,浇水,用突突作响的割草机修整草坪,喷洒防治蚜虫的农药,施撒有机肥料和化肥。他的腰带上挂了个小收音机,不住地给他提供灾难信息:"你听说了吗,安哥拉发生了大屠杀。"

不然就是:"宗教部部长去世了。消息十分钟前才发布。"[1]

基布兹里的人都躲着他。在食堂,他们很少和他一起坐在同一张桌前吃饭。夏日的傍晚,他常常独自坐在食堂前大草坪下面的一条绿色长椅上,看孩子们在草坪上玩耍。晚风吹起他的衬衣,吹干了他的汗水。灼热的夏日,月亮散发着

---

[1] "他的腰带……发布",这几句话在希伯来文版中并不存在,此处根据英文补译——本书脚注均为译注。

红光,在高大的柏树梢头升起。一天晚上,兹维·普罗维佐尔跟坐在旁边一条长椅上的女士露娜·布兰克打招呼。

"你没听说吗?"他伤心地问她,"西班牙的一所孤儿院被烧毁了,八十个孤儿被烟活活呛死。"

露娜是一位四十五岁的寡居老师,她用手绢擦擦额头的汗水说:

"太可怕了。"

兹维说:

"只有三个孤儿获救,且个个情况危急。"

他工作兢兢业业,赢得了我们所有人的敬重:他在基布兹生活了二十二年,上班时从未请过一天病假。多亏了他,基布兹才花木丛生。每块未派上用场的土地,都被他种上了时令花卉。他零零星星地建了一些岩石园,在里面种上了各种各样的仙人掌,还搭了一些木质的葡萄架。在食堂前,他修建了一座汨汨冒着水泡的喷水池,里面有金鱼和水生植物。他拥有很好的美感,大家对此颇为欣赏。

但是背地里我们叫他"死亡天使",说他的闲话:他对女人不感兴趣,从来也没对任何女人感过兴趣,实际上他对男人也没兴趣。年轻人辛德林惟妙惟肖地模仿兹维,逗得我们狂笑不止。下午,基布兹成员坐在门廊上喝咖啡,或者跟孩子在屋前小草坪上玩耍，兹维·普罗维佐尔会到俱乐部看报纸，坐在那里的还有五六个像他这样的单身汉、书迷、劲头十足的辩论家、老光棍儿，鳏夫或者离异人士。

鲁夫卡·罗斯，一个长着两只大蝙蝠耳的小个子秃头，会在角落里咕哝：报复性的袭击只能使暴力升级，因为复仇导致复仇，冤冤相报何时了。

其他人会立即予以还击："你在说什么呢？我们不能就这样放过他们！""克制与姑息只能让阿拉伯人更加肆无忌惮。"

兹维·普罗维佐尔会眨眨眼睛说："最终会演变为战争。只会引发可怕的战争。"

结巴伊曼纽尔·格劳斯曼会激动地说："战——战——争。非——常好。我们会——会——赢，夺——夺取他们的土——土——地，直——直抵约——约——约旦。"

鲁夫卡·罗斯脱口而出："本-古里安是个下棋高手。他总能看到五步之外。只是他干什么都是凭靠武力。"

就这个问题，兹维·普罗维佐尔忧心忡忡地预言："我们要是输了，阿拉伯人会把我们消灭光。我们要是赢了，俄国人会冲我们大发脾气。"

伊曼纽尔·格劳斯曼会恳求大家："够——够了，朋友们，安——安——安静点。让我——我平——平心——

静——静气念段报纸。"

兹维沉默片刻说："你听说了吗？据说挪威国王得了肝癌。我们的地方官也得了肝癌。"

爱逗乐儿的罗尼·辛德林只要在鞋店或者更衣室看到兹维，就会用奚落的口吻问："死亡天使，今天哪架飞机失事了？"

兹维·普罗维佐尔和露娜·布兰克形成了一个固定模式：他们每天傍晚谈天说地。他坐在草坪左侧长凳的右手边，她坐在右侧长凳的左手边，离他很近。他说话时眼睛不住地眨动。她身穿一件漂亮的无袖太阳裙，指尖把弄着手绢。她夸赞基布兹花园，那是他辛勤劳动的成果，她说因他之故，大家生活在一片绿茵茵的草地上，生活在果园枝繁叶茂的树荫下、繁花盛开的花圃中。她有迷恋华丽辞藻的习性。她教三年级，画一手精美雅致的铅笔画，作品就挂在我们一座座小房子的墙上。她脸圆圆的，面带微笑，睫毛长长的，不过脖子上有些皱纹，双腿细瘦，几乎平胸。她的丈夫几年前服预备役时在加沙被杀，他们没有小孩儿。基布兹人认为她是一个值得敬佩的人，一个克服了自身悲剧、全心全意投入教育事业的女子。兹维给她讲了玫瑰的不同品种，她热切地点头，似乎赞同每一个字眼。接着他详细地描述了苏丹发生的一场可怕蝗灾，那几乎毁灭了整个苏丹。露娜说：

"你这么多愁善感。"

兹维快速眨着眼睛说：

"这样一来，苏丹就没有那么多绿色植物了。"

露娜说：

"你为什么把世上的伤心事都扛到自己肩上呢？"

兹维回答：

"对生活中的残酷视而不见，在我看来，既愚蠢，又有罪。对生活中的残酷，我们几乎束手无策，但至少需要承认它。"

一个夏日的傍晚，她邀请兹维到屋里喝咖啡。他是穿着下班后的衣服来的：一条卡其色长裤，一件浅蓝色短袖衬衫。他的收音机仍然挂在皮带上。晚上八点，他说了声抱歉，就听起了新闻。露娜·布兰克房间的墙壁上挂着几幅她的铅笔画作品，用简易相框装裱起来，画的是如梦如幻的年轻女子和风景、石山、橄榄树。窗下是一张双人床，床上放着富有东方情调的刺绣枕头。白色的书架上由高而低放着一排书，从梵高、塞尚、高更的画册，到开本较小的卡苏托版本的

《圣经》,最后是哈西弗里亚·莱阿姆出版的小开本长篇小说。房间正中是一张圆形的咖啡桌,两旁各有一把扶手椅。桌子上铺着绣花桌布,上面放有两套咖啡杯和饼干碟。

兹维·普罗维佐尔说:

"你的房间很漂亮。"

又补充说:

"干净,整洁。"

露娜·布兰克不好意思地说:

"非常感谢。我很高兴。"

可是她声音里没有任何喜悦,只有笨拙的紧张。

而后他们喝咖啡,吃饼干,谈论盆景树木和果树,谈到如今的校纪问题——什么都允许,谈到鸟儿迁徙。

兹维眨巴着眼睛说:

"我在报纸上看到,原子弹爆炸后十年,广岛还是没有鸟。"

露娜再次对他说:

"你把整个世界的伤心事都扛在自己肩上了。"

她还说:

"前天,我看见窗外低矮的树枝上有只戴胜鸟。"

就这样,二人开始了傍晚时分的固定见面。坐在花园的长凳上，或坐在茂密的九重葛的花荫下聊天，或是在露娜房间里喝咖啡。兹维四点钟下班回到家里，冲澡，对着镜子梳头，换上他那条熨烫好的卡其色长裤和浅蓝色衬衣，去找她。有时他会给她带去应季的籽苗，栽种在她的小花园里。有一次他给她带来一本亚考夫·费赫曼的诗集。她送他一袋罂粟籽饼干，一幅画有两棵柏树和一条长椅的铅笔画。但是八点或者八点半，他们会互道晚安，兹维会回到他那间弥漫着浓厚的单身汉气息的苦行僧的房间。

在食堂，罗尼·辛德林说死亡天使张开了羽翼，遮住了黑寡妇。后来，在俱乐部，鲁夫卡·罗斯亲切地打趣兹维：

"手找到了手套，对吧？"

但是兹维和露娜并没有因为这些闲言碎语和冷嘲热讽感到不安。他们之间的关系似乎日渐牢固。他告诉她，他正抽空把波兰作家伊瓦什凯维奇的一部长篇小说翻译成希伯来语。整部作品充满了温柔与苦难。伊瓦什凯维奇相信人的生存状况荒诞而感人。露娜听他说话，微微歪着头，半张着嘴，把热咖啡倒进杯子里，仿佛咖啡在为伊瓦什凯维奇的伤心做出补偿，也是对他的安慰。她感觉这样的关系非常珍贵，这样的相处方式使她的日子过得充实，时至今日，她的日子一直平淡单调。一天夜里，她梦见二人骑在一匹马上，她的身体紧贴他的后背，双手抱住他的腰身，他们穿过高山之间的峡谷，一条汩汩流淌的小河蜿蜒而上。她决定不把这个梦告诉兹维，然而她向他详细讲述了其他梦境。兹维则眨巴眨巴眼睛，告诉她他儿时在波兰小镇亚诺夫生活时曾梦见自己成为一个学生。然而，他却投身于新型的犹太拓荒者运动，放弃了读书计划。即使这样，他从来没有停止读书。露娜小心翼翼地捡起桌布上的两块碎屑，说：

"你一定是个非常腼腆的小伙子。你现在还是有点腼腆。"

兹维说：

"你并不是十分了解我。"

露娜说：

"跟我说说。我听着呢。"

兹维说：

"今天晚上收音机里说智利有座火山爆发了。熔浆把四个村子全毁了。许多人没有机会逃生。"

一天晚上，他热情洋溢地描述索马里饥荒，露娜心中涌起一阵暖流。她突然抓起他的手，放到自己的胸脯上。兹维颤抖了一下，迅速把手抽了回来，动作近乎粗暴。他发狂似的眨着眼睛。自成年，他从未有意碰过一个人，别人一碰他，他就会变得僵硬。他喜欢触摸松动的土壤和柔软的幼苗，但是触摸其他人，无论男女，都会让他整个身体僵硬皱缩，像被灼烧了一样。在食堂就餐时，他总是避免与人握手、拍打后背，或者偶然间互相碰碰胳膊肘。没过多久，他就起身回去了。

第二天他没有去见露娜。他开始觉得他们之间的关系正在走向一个他并不想去的灾难之所，他厌恶那个地方。露娜凭着通常的敏感，猜想自己也许冒犯了他。她决定道歉，尽管她不知道为什么道歉。她是不是问了什么不该问的问题？也许她没有领会他的言外之意？

两天后，趁他不在家，她偷偷地往门缝里塞了一张纸条：要是让你感到不安了，那么对不起。我们可以谈谈吗？

兹维也写了字条予以回应：最好不谈。那样情形会更糟糕。

吃过晚饭，她依然站在食堂出口旁的楝树下等他，不好意思地说：

"告诉我怎么了。"

"没怎么。"

"那你为什么躲着我？"

"试着解……没有意义。"

从那以后，他们再没有特地见面，偶尔在小路上或者小陈列室里碰到，他们会相互点点头，犹豫一下，各走各的。

吃午饭时，罗尼·辛德林跟同桌吃饭的人说，死亡天使中断了他短暂的蜜月，从现在开始，他们又陷入了危险之中。实际上，那天下午，兹维向俱乐部会所的单身汉们宣布：土耳其的一座大桥塌了，时值交通高峰。

过了两三个月，我们注意到露娜·布兰克不再来参加古典音乐小组的活动了，甚至有那么几次连教师会议都不参加。她把头发染成了古铜色，开始涂颜色鲜亮的口红。偶尔她也不来吃晚饭。住棚节期间，她到市里住了几天，回来时身穿一件我们觉得有点大胆的连衣裙，一侧高开衩。初秋时节我们见过她几次，她正和一个篮球教练坐在大草坪旁边的长椅上，那男子比她年轻十岁，每星期来基布兹两次。罗尼·辛德林说她也许正在夜里学运球吧。两三个星期后，她把篮球教练给甩了，大家看见她和青年拓荒者战斗团基布兹队里的一个指挥官在一起，小伙子只有二十二岁。这件事没法让人视而不见。教育委员会召开会议，慎重地讨论了这件事的影响。

每天晚上，兹维·普罗维佐尔几乎一动不动，坐在他亲手建造的喷泉旁的长椅上，看孩子们在草坪上玩耍。如果你打那里经过，跟他打招呼，他会回应，并告诉你中国东南部发大水了。

深秋，没有任何先兆，也没有经过基布兹书记处的批准，露娜·布兰克动身前往美国探望她的妹妹。妹妹送给她一张机票。有人早晨在公共汽车站看到，她身穿那条大胆的连衣裙，系着一条颜色鲜亮的丝巾，踩着高跟鞋扭来扭去，吃力地拖着只大箱子。"打扮完毕，直奔好莱坞了，"罗尼·辛德林说，"黑寡妇逃离了死亡天使。"书记处决定暂停她的基布兹会员资格，留待查看。

与此同时，露娜·布兰克的房子上了锁，屋子里一片漆黑，尽管基布兹住房紧张，住房委员会的一些人盯着那房子。有五六种室内盆栽植物——喜林芋、天竺葵、仙人掌——放在小门廊上。兹维·普罗维佐尔偶尔顺路会去浇水，照管一下这些植物。

继之冬天来了。观赏树木上浓云低垂。田野和果园到处是厚厚的泥巴，摘水果的和干农活的都去工厂做工了。灰蒙蒙的雨没完没了。夜晚，排水沟里汩汩响个不停，冷风渗进百叶窗的缝隙中。兹维·普罗维佐尔每天夜里坐听所有的新闻报道。在新闻报道的间隙，他躬身坐在桌旁，借着台灯灯光，把伊瓦什凯维奇那部充满痛苦的长篇小说读上几行。露娜送给他的铅笔画——上面画着两棵柏树和一条长椅——挂在他的床头。柏树显得抑郁忧伤，长椅上空空荡荡。十点半，他往身上裹了个东西，走到门廊上，看低垂的云和荒凉的水泥小径，湿漉漉的路面在昏黄的街灯下闪着微光。如果骤雨初歇，他会来个短暂的夜行漫步，看看露娜门廊里的植物怎么样了。落叶已经覆盖了石阶，兹维觉得他可以探到从紧锁的房间里飘出的肥皂或洗发水的淡淡清香。他会在空无一人的小径上徘徊片刻，枝头的雨滴落到他未戴帽子的头上，接着他会回到房间，摸黑听当天的最后一次新闻广播，两只睁大的眼睛不住地眨动。拂晓，一切仍然笼罩在潮湿凝固的黑暗中，他拦住一个正要去给奶牛挤奶的牛奶工，伤心地说：

"你听说了吗？挪威国王昨夜去世了。他得了癌症。是肝癌。"

两个女人

大清早,太阳还没有升起,灌木中鸽子的咕咕叫声就传进了她敞开的窗户。那粗嘎的声音平稳而持续,让她感到宁静。微风吹过松梢,一只乌鸦在山坡上啼叫。远处有只狗在叫,另一只狗在回应着它。闹钟还没响,那些声音便把奥丝娜特吵醒了。她下床关上闹钟,冲澡,换上工作服。五点半,她去基布兹洗衣房上班。沿路,她从布阿兹和阿丽埃拉住的房子前经过,房子似乎锁着,漆黑一片。她想,他们一定还在睡觉,这念头在她心里激起的不是嫉妒,也不是痛苦,只有一种模糊的疑虑:好像所有往事不是发生在她的身上,而是发生在陌生人身上;不是发生在两个月前,而是发生在许多年前。洗衣房的光线依然十分黯淡,她拧亮电灯开关,朝一堆堆待洗的衣服弯下腰身,开始把白色衣服和带颜色的衣服分开,把棉织品和化纤织品分开。酸臭的体味从脏衣服中飘出，与皂粉的气味混合在了一起。奥丝娜特一个人在这里工作，但她整天开着收音机，借此平息孤独的心境，尽管洗衣机嗡嗡作响，她无法听清收音机里在说什么，也听不清音乐。七点半，她洗完第一轮衣服，把机器腾空，接着重新启动洗衣机，再去食堂吃早饭。她走路一向很慢，仿佛不知道自己去往哪里，或者并不关心去往哪里。我们都觉得奥丝娜特是个非常安静的年轻女子。

初夏时节，布阿兹告诉奥丝娜特他已经和阿丽埃拉·巴拉什相好有八个月了，他决定三个人不能生活在谎言中，于是他打定主意离开奥丝娜特，把东西搬到了阿丽埃拉的房间。"你已经不是小孩子了，"他说，"你懂吗，奥丝娜特，这样的事每天都在世界上发生，也在我们的基布兹发生。幸运的是，我们没有孩子。我们不会有太多的麻烦。"他会把自行车骑走，但把收音机留给她。他想心平气和地分手，就像他们这么多年心平气和地过日子一样。要是她生气，他完全能够理解。然而她真的并没有什么气可以生。"同阿丽埃拉的关系并不意味着要伤害你。这样的事只是发生了而已，就这样。"不管怎么说，他很抱歉。他将立刻把东西搬出去，不但把收音机留给她，还把其他所有的东西都留给她，包括相册、绣花枕头和作为结婚礼物的咖啡具。

奥丝娜特说：

"行啊。"

"行什么？"

"你走吧，"她说，"走吧。"

阿丽埃拉·巴拉什是个身材瘦高、离过婚的女子，脖颈细长，头发如同瀑布，眼睛含笑，一只眼睛有点眯缝。她在养鸡场上班，还是基布兹文化委员会的负责人，负责安排节假日、仪式与婚礼。此外，她负责请人在周五晚上做讲座，负责安排周三在食堂放电影。她养了一只老猫和一只小狗，那几乎就是一只幼犬，老猫和小狗在她的房间里和平共处。小狗有点怕老猫，有礼貌地给它让路。老猫则对小狗不理不睬，经过时对它视而不见。白天多数时间它们都在阿丽埃拉的房间里睡觉，老猫睡在沙发上，小狗睡在地毯上，互不干扰。

阿丽埃拉曾和职业军官埃弗雷姆结婚一年，后者为了一个年轻的女兵离她而去。她和布阿兹的交往，是从那次布阿兹身穿一件沾满机油污渍、汗津津的工作汗衫来到她的房间开始的。水龙头滴水，她请他顺路来修。他系了条镶有一个大金属扣的宽皮带。当他俯身修水龙头时，她轻轻地抚摸他晒黑的后背，直至他转过身来，手上还拿着螺丝刀和扳子。

自打那时，他便一直偷偷摸摸溜进她的房间，待上半小时或一个小时，但是耶克哈特基布兹有人看到了这种偷偷摸摸的行为，并没有保守秘密。我们说："多奇怪的一对儿；他几乎一句话也不说，而她说起话来没完没了。"喜剧演员罗尼·辛德林说："蜂蜜在吃熊呢。"没有人和奥丝娜特说起此事，但是她的朋友向她表示善意，寻找方式提醒她并非孤立无援，问她是否有什么需要，哪怕最微不足道的事，等等。

后来布阿兹把衣服装上了自行车，搬到了阿丽埃拉的家里。下午他从修理厂下班回来，脱掉工作服，就进卫生间冲澡，总是从门口对她说：

"今天发生什么事了？"

阿丽埃拉会吃惊地回答：

"需要发生什么？什么都没有发生。冲澡，我们喝咖啡。"

食堂门口放着信箱柜，阿丽埃拉在信箱柜最左边她自己的信箱里发现一张折叠起来的便条，上面是奥丝娜特有条不紊的浑圆字迹：

"布阿兹总是忘记吃控压药。他早晨需要吃，夜里睡觉之前需要吃。早晨他需要吃半片胆固醇药。他吃的沙拉不应该多放胡椒和盐，他应该吃低脂奶酪，不吃牛排。他可以吃鱼和鸡，但是不要多加香料。他不应该大吃甜食。奥丝娜特。"

又及："他应该少喝黑咖啡。"

阿丽埃拉·巴拉什用她棱角分明的刚健字体给奥丝娜特回了一封信，放到她的信箱里。

"谢谢。你做得非常得体。布阿兹还患有胃灼热，但他说没关系。我将尽量按你的要求去做，但是他并不那么听话，他不在意自己的身体。许多事情他都不在意。你懂的。阿丽埃拉·巴。"

奥丝娜特写道：

"如果你不给他吃油炸食品、酸辣食品，他就不会犯胃灼热。奥丝娜特。"

几天后阿丽埃拉·巴拉什写信回应：

"我经常问自己：我们做了些什么？他压抑他的情感，我则变化不定。他可以忍受我的狗，但受不了我的猫。他下午从汽车修理厂回家后，问我：'今天都发生了哪些事？'接着他会冲澡，喝点黑咖啡，坐在我的扶手椅里看报纸。当我试着给他茶来代替咖啡时，他就会发火，嘟囔说我不应该当他妈。接着他会坐在椅子里打盹儿，任由报纸掉在地上。七点钟他醒来听新闻，边听边抚摸小狗，咕哝些模糊不清的爱抚之词。可要是猫跳上他的大腿讨他的喜欢，他就会厌恶地用力把它提拉起来，我都会被吓一跳。我让他修卡住的抽屉，他不但把抽屉修好了，还把衣柜上两个吱吱作响的门拆下来重新装好，大笑着问他是不是也应该修修地板和屋顶。我问自己，他哪一点吸引了我，并还在吸引我，但没有清晰的答案。即使冲了澡，他的指甲上还留有黑色的机油，他双手粗糙，挠得一道一道的。刮过胡子后，他下巴上还是有胡楂儿。也许是他不断打盹儿的缘故——即使醒着，他也像在打盹儿——我很想把他弄醒。但我只能让他醒一小会儿，你知道是怎么回事，也不总是这样。我没有一天不会想到你，奥丝娜特，我鄙视自己，不知道怎样做才能获得你的宽恕。有时我告诉自己也许奥丝娜特不那么在意，也许她并不爱他。难以知晓。你可能会觉得我是有意那么做的。但实际上我们并没有选择。男女之间的相互吸引突然显得奇怪而可笑。也许你也这么想？如果你有孩子，你我会承受更大的痛苦。那他呢？他的真实感受是什么？怎样能够知道？你非常了解他该做什么不该做什么。但是你了解他的感受吗？他有没有感受？有一次我问他是否后悔，他先是大吼，接下来说：'你自己看，我是和你在一起，没有和她在一起。'我想让你知道，奥丝娜特，几乎每个夜晚他睡着后，我都睡不着，躺在床上，看着透过窗帘缝隙照进我们黑漆漆卧室的月光。我问自己，如果我是你，我会怎么样。你的平静吸引了我。如果我能吸收一些你的平静就好了。有时我起床穿好衣服走向门口，想在午夜前去找你，解释一切，但是我能解释什么呢？我在门廊站了有十分钟，观看明澈的夜空，找出北斗七星，而后再次脱去衣服，醒着躺在床上。他呼吸均匀，我感到一种突如其来的渴望，要去一个完全不同的地方。甚至去你的房间和你在一起。但是请你理解，我只是在深夜躺在床上无法入睡，不理解究竟发生了什么，或者为什么是这样才会有这种想法，那时我感到与你是如此切近。比如，我想和你一起在洗衣房工作。只有你我二人。我总是把你的两张便条放在口袋里，一遍遍地看。我想让你知道我多么珍惜你写的每一个词语，还有，更为你没写的东西感动。基布兹的人议论我们。布阿兹让他们感到震惊；他们说我只是个过客，俯身把他从你身边拉走，布阿兹并不在乎下班后去哪所住房，或者是睡哪张床。有天在办公室附近，罗尼·辛德林冲我挤挤眼睛说：'那么，蒙娜丽莎，依旧静水流深，是吗？'我没有回答他，羞愧地走开了。到了家里，我哭了。有时深夜，我会在他睡着之后哭泣，不是因为他，或者不全是因为他，而是因为我，因为你。仿佛有些糟糕的丑事发生在我们二人身上，无法修复。有时我问他：'什么，布阿兹？'他说：'没什么。'我为那片茫然所吸引——仿佛他一无所有，仿佛他直接来自孤独的沙漠。那时——可是我为什么告诉你这些？毕竟，听说这些对你是一种伤害，我不想给你平添新的痛苦。恰恰相反：我现在想分担你的孤独，就像我想有那么一刻触摸他的孤独一样。现在快凌晨一点了，他已经睡熟，蜷缩成胎儿状，狗睡在他的脚下，猫躺在桌子上，我借着鹅颈状的台灯灯光不停地写，它的黄眼睛追随着我的手的动作。我知道没有意义，我不得不搁笔了，你甚至都不会看这个已经长达四页的便条。你可能会把它撕碎扔掉。也许你会认为我脑子有毛病，确实如此。咱们见面聊聊吧。不聊布阿兹的饮食，也不聊他需要服用的药物。（我确实尝试着让他不要忘记。我努力了，但不是每次都能成功。你知道他很固执，那样子像是蔑视，但更是漠视。）我们可以谈论完全不同的话题。比如，一年四季，甚至夏夜那星光璀璨的天空：我对天空和星云感兴趣。也许你也是？我等候你写便条告诉我你的想法，奥丝娜特。两个字足矣。我等着。阿丽埃拉·巴。"

对这封放在她信箱里的信，奥丝娜特选择了不回应。她看了两遍，将其折叠起来，放进抽屉。现在她一动不动地站在那里，看着窗外。篱笆旁边有三只小猫：一只专心地啃着自己的爪子；另一只卧在那里，也许在打盹儿，但是耳朵则多疑地竖了起来，好像正在捕捉细微的声音；第三只猫正在追逐自己的尾巴，不住地跌倒，轻轻地翻身，四脚朝天，因为它太小了。微风拂过，就像要吹凉一杯茶。奥丝娜特离开窗子，坐到沙发上，后背挺直，双手放在膝上，双眼紧闭。很快就要到晚上了，她要听收音机里播放的轻音乐，看书。而后她会脱下衣服，把下班后穿的衣服叠整齐，放好明天的工作服，冲澡，上床睡觉。她的夜晚已经没有梦，她会在闹钟报时之前醒来。鸽子唤醒了她。

朋友之间

天将破晓之际,初雨开始降落在基布兹的房屋、田野和果园。空中弥漫着潮湿泥土和干净树叶的新鲜气息。雨水沿着明沟哗哗流淌,洗净红色屋顶和马口铁棚屋的灰尘。第一缕晨曦笼罩着一座座房屋,花园里的鲜花上闪烁着水珠。一架多余的草坪洒水器继续喷洒着水汽。一辆湿漉漉的儿童三轮脚踏车斜放在一条小径上。群鸟在树梢上惊恐地尖叫。

雨把纳胡姆·阿塞洛夫从不安稳的睡眠中吵醒。在接下来的一段时间里,他觉得自己听到了敲击百叶窗的声音,好像有人来告诉他什么事情。他起身坐在床上,悉心谛听,直至意识到初雨来临了。今天他要到那里去,让埃德娜坐在椅子上,直视她的眼睛,和她说话,诉说一切。实际上也是去找大卫·达甘。他不能就这么算了。

可是他能对他说些什么?对她说些什么呢?

纳胡姆·阿塞洛夫,一个五十岁上下的鳏夫,是耶克哈特基布兹的电工。大儿子伊沙伊几年前在一场以牙还牙的袭击中被杀后,埃德娜成为他现在唯一健在的孩子。她是一个颇有主见的年轻女子,乌黑的双眼,橄榄色的皮肤。这个春天,她已经年满十七岁,是基布兹高年级的学生。每天下午,她都会离开三个女孩合住的宿舍,来看父亲。她会坐在他对面的扶手椅里,双手抱肩,仿佛她总是有点冷。即使在夏天,她也是那样抱着自己。她会和他一起坐上个把小时,直至夜幕降临。他会准备咖啡,一盘剥去果皮、削好了的水果,他们会静静地聊收音机里的新闻,或者她的学习,而后她会离去,与朋友共度整个夜晚,也许不和朋友在一起。纳胡姆不了解,也没有过问她的社交生活,她也没有主动说明。他曾经听说她与救生员杜比有过短暂的恋情,但是闲言碎语很快消失了。除了一些无关痛痒的话题,他和女儿从来不谈自己的私事。比如,埃德娜有一次说:

"你应该去看医生。我不想看你咳嗽。"

纳胡姆说:

"好吧。也许下个星期。这星期我们要在养鸡场的孵化房里安装一台新的发电机。"

有时,他们会谈论二人都喜欢的音乐。有时他们什么话也不说，听旧式留声机播放舒伯特的音乐。他们从来没有谈过埃德娜死去的母亲或哥哥，也没有谈过童年记忆或者未来计划。他们之间有着未曾言明的约定：不触碰情感，不触碰彼此——哪怕是一点点触碰，不是手触碰肩膀，也不是手指触碰胳膊。离开的时候，埃德娜站在门口说："再见，爸爸。记着去看医生。我明天或者后天再来。"纳胡姆会说："行。来吧。照顾好自己。再见。"

几个月后，埃德娜就要和同学一起去服兵役了。她自学了阿拉伯语，将在情报部门工作。

就在初雨降临的几天前，埃德娜·阿塞洛夫收拾起衣物，离开宿舍，搬去和大卫·达甘——一个与之父亲年龄相仿的老师——同居了。整个耶克哈特基布兹闻听此事，都为之震惊。大卫·达甘是基布兹的奠基人和领袖之一，口才好，身体瓷实，两只臂膀强健有力，脖颈短却非常结实，八字胡修剪得整整齐齐，已经冒出一些银须。他通常在争论时冷嘲热讽，过于自信，声音低沉。每次谈论意识形态问题，几乎每个人都会接受他的权威阐释，谈论日常生活也是如此，主要因为他拥有某种犀利的逻辑和不可抗拒的劝说力。你的话只说了一半，他就会打断你，热情地把手放在你的肩膀上，坚定地说："等等，给我一分钟，我们可以把事情理顺。"他坚定地信仰马克思主义,但是他喜欢听领诵祷文的音乐。多年来,大卫·达甘一直在基布兹做历史老师。他频繁地更换情人,和我们基布兹以及附近其他基布兹的四个女人生有六个孩子。

大卫·达甘五十来岁了,埃德娜去年是他的学生,年仅十七岁。难怪闲言碎语会在食堂里,在罗尼·辛德林就座的固定餐桌旁疯传。诸如书念童女亚比煞[1]、洛丽塔和蓝胡子,等等。约斯克·M. 说,如此丢脸的事撼动了学校的基础。怎么可以呢——教育工作者和他年轻的学生?他们要召开教委紧急会议。约谢哈不同意:"毕竟,你不能与爱情争辩;不管怎样,我们这里一向提倡自由恋爱。"丽芙卡·R. 说:"她怎么能这样对她的父亲,毕竟他很失落。可怜的纳胡姆,他确实将无法容忍。"

"年轻的一代突然都想去上大学了,"大卫·达甘在食堂吃饭时说,他声音低沉,"没有人愿意在地里和果园干活了。"他声音刺耳地说,"我们应该立个规矩。大家有不同意见吗?"

---

[1] 亚比煞以美貌著称。 大卫年老时,选她做侍女,其职责是"伺候王,奉养王,睡在王的怀中",使他得温暖;不过年老体弱的大卫没有与她发生关系(《圣经·列王纪上》1:3—4)。 大卫死后,亚多尼雅说服所罗门的母亲拔示巴,劝说所罗门将亚比煞给他为妻。 所罗门怀疑这一要求中包含对王位的觊觎,因此将其处死(《圣经·列王纪上》2:17—25)。亚比煞后来可能成为所罗门的妻妾之一。

尽管基布兹人都同情纳胡姆·阿塞洛夫，但没人说破。他们背着埃德娜和大卫·达甘说，不会有好结果的。他们说，他确实非常非常出格。他和女人交往总是出格。对于她，我们只是震惊。

纳胡姆保持沉默。在他看来，所有在基布兹小径上与他擦肩而过的人都不知他会做什么，也不知他为何没做什么。你的女儿被引诱了，你为何保持沉默？他试图从他进步的恋爱观和自由观中寻找慰藉，但无济于事。他心中充斥的只有忧伤、尴尬与耻辱。每天早晨，他去车间修理电灯和厨灶，更换新插头，修理损坏的器具。他来到院子里，肩上扛着架长梯，手上拎着工具箱，履行自己的职责，比如架设一条通往幼儿园的新电线。早晨、中午和夜晚，他出现在食堂，一声不吭地在服务台前排队，把饭放在托盘里，而后坐在角落里，一个人默默地吃饭。他总是坐在同一个角落。大家和蔼地和他说话，就像同一个身患绝症的人说话，甚至避免提及任何暗示性的问题，他会用平静、沉着、略微沙哑的声音简短回答。他心里说：再过一天我就去找她说。也找他说。毕竟她还是个孩子。

但日子一天天过去了。纳胡姆·阿塞洛夫坐在电工房，佝偻着身子，戴着滑下鼻梁的眼镜，修理器具：电水壶、收音机、电扇。他自言自语:"今天下班后,我一定要去那儿。去和他们两个人说。我进门坐下,只讲一两件事,然后就拉着埃德娜的胳膊,把她拽回家。不是去她的宿舍,而是回这里,回家。但我第一句话说什么呢?我是会生气,还是会控制自己,唤醒他们的理智和责任感?"然而在内心深处,他既不感到愤怒,也不想指斥,而是感到痛苦与失望。大卫·达甘的儿子们有的都比埃德娜大,他们已经服兵役了。也许他不应该去那里,而是应该和他的某个儿子讲?但是他该确切地说什么呢?

从孩提时代,埃德娜对纳胡姆就比对妈妈亲。尽管她很少用语言解释这种亲近,但纳胡姆一向知道什么该问,什么不该问,什么时候退让,什么时候坚持自己的立场。这是一种不曾言明的默契。自从母亲去世之后,埃德娜每周一把父亲的衣服拿到洗衣房,每周五带回一包干净熨帖的衣服,还给他缝上掉了的纽扣。自从哥哥死后,她每天傍晚都会来他住的房子,煮咖啡,和他一起坐上个把小时。他们很少交谈,通常只是聊聊她的学业或是他的工作。有时他们会谈论一本书。他们会一起听音乐,吃水果。一小时后,她会起身,拿杯子走向洗涤槽,但是她会把杯子留给爸爸去洗,然后便回到学校的宿舍。尽管纳胡姆几乎不知道她和什么人交往,但他知道老师们喜欢她，让他骄傲的是，她自学了阿拉伯语。一个文静的女孩，基布兹的人们这样评论她，不像她母亲那样风风火火，却像父亲一样忠诚勤奋。多遗憾，她把辫子剪成了短短的带刘海的马尾巴。她梳辫子时中分，就像前辈的拓荒者姑娘。

几个月前的一个晚上，纳胡姆去她的宿舍找她，把她落在家里的毛衣送去。他发现她和另外两个女孩坐在床上把弄长笛，一遍遍地练习一个简单的音阶。他走进门，因打搅她们而抱歉。他把叠好的毛衣放在床角，扫掉桌上不显眼的一点灰尘，再次道歉，轻轻走了出去，以便不打搅她们。他在窗前的黑暗中站了五分钟，认真听她们吹奏：她们正在吹奏一支轻柔的长练习曲，那忧郁的曲调一遍遍地重复。他的心突然一紧。他走回自己的住房，坐下来听收音机，直至合上双眼。夜晚，半睡半醒之间，他听到了胡狼在近处嗥叫，那声音就好像来自他的窗下。

周二下班回家后，纳胡姆冲了澡，穿上熨好的卡其色长裤和浅蓝色上衣，套上一件破旧的短外套，看上去就像个上世纪的贫穷知识分子。他用手绢一角擦了擦眼镜，走向门口。他突然想起埃德娜落在他房里的高级阿拉伯语课本。他小心翼翼地把书装进一个塑料袋，夹在胳膊底下，戴上灰帽子，离开了家。一个个小水坑和晶莹发亮的芬芳树叶上依稀可见残存的雨水。因为并不着急，他就走上了一条长路，蜿蜒经过儿童之家。他还是不知道该和女儿说些什么，或者对大卫·达甘说些什么，但是他希望当他们相互面对时就知道该说些什么了。有那么一刻，他想象埃德娜与大卫·达甘之间什么都没有发生，只是罗尼·辛德林和基布兹那些嚼舌头的人的邪恶想象，因此当他最终到大卫家里时，会发现他和平时一样，和别的女人坐在那里喝下午咖啡——和他的前妻，或是老师兹娃，或是一个全新的女人。也许埃德娜根本就不在那里，他只是在门口和大卫说上几句话，聊聊政治和政府。他会婉拒留在那里喝咖啡，下棋，而是道别，走自己的路，也许会去埃德娜的宿舍，在那里他会看到埃德娜在看书，或是在吹笛，不然就是在做作业。如平时一样。他会把书还给她。

他一边走路，一边吮吸着潮湿的泥土芬芳、发酵橘皮的淡淡气味，以及从场院和谷仓飘来的牛粪味儿。他在基布兹阵亡战士纪念碑前停下，看到了儿子伊沙伊·阿塞洛夫的名字。六年前，儿子在部队袭击戴尔阿里纳沙夫的行动中被杀。纪念碑上的十一个名字均是铜铸，伊沙伊的名字排在第七或第八位。纳胡姆记得，伊沙伊小时候总把"伤口"说成"箱口"，把"盆"说成"棚"。他伸手用指尖来回摸着铜铸字母，而后转身走开，还是不知道该说什么，但他突然感到沮丧，因为从年轻时起，他心中就对大卫·达甘有一寸柔肠——即使出事后，他还是气不起来，只是感到尴尬，还有失望和伤心。当他开始离开纪念碑时，雨突然又下了起来，不是瓢泼大雨，而是淅淅沥沥没完没了的毛毛细雨。细雨打湿了他的脸颊，模糊了他的眼镜，他把包在塑料袋里的书放进破旧的外套里，紧紧贴在胸前。这样一来，他就像按着胸口，不太舒服的样子。也许埃德娜和大卫·达甘不太可能发生的那种关系几天后就会自行结束？她会恢复理智、回到以前的生活中去？也许大卫很快会对她感到厌倦，因为他总是厌倦自己的情人？她毕竟是个从未交过男朋友的女孩，据说只是曾经和游泳馆的救生员杜比有为期两三个星期的调情；而大卫则是著名的猎艳高手。

纳胡姆·阿塞洛夫想起他与大卫·达甘的最初交往：在基布兹最初创建的那几年里，他们极其贫穷，住在犹太代办处提供的帐篷里。只有五个小孩单独住在小房子里。爆发的理念之争是谁应在夜里照顾孩子：是由父母轮流值班，还是由基布兹所有成员轮流值班？辩论源于更深层次的争论点：原则上来说，孩子是属于父母，还是属于整个基布兹？大卫·达甘支持第二种观点，而纳胡姆·阿塞洛夫支持第一种观点。整整三个夜晚，基布兹成员就究竟是公开选举还是匿名投票来决定这个问题争论到凌晨一点。最后，他们同意组成一个委员会，成员包括大卫、纳胡姆和三个还没有当妈妈的女子。委员会的多数成员表决认为，尽管孩子属于基布兹，但首先应该是父母在夜里轮流值班照顾孩子。尽管观点不同，但纳胡姆私下里钦佩大卫·达甘执着的、不屈不挠的理念。大卫呢，则尊重纳胡姆的温情和耐心，令他吃惊的是纳胡姆凭其静静地坚持不懈，实际上击败了他。当伊沙伊在袭击戴尔阿里纳沙夫被杀之后，大卫·达甘在纳胡姆家里待了几个夜晚。他们长久的友谊愈加牢固了。有时他们在傍晚见面下棋，谈论基布兹是否坚守原则。

大卫·达甘住在一排房子的尽头，那儿靠近一片松树林。他在离开第四任妻子后搬进了那座房子。大家都知道他离开第四任妻子是因为他同兹娃的关系，兹娃是城里的一位年轻女教师，每周到基布兹住三个晚上。几天前他与兹娃断绝了关系，因为埃德娜把衣物从宿舍搬进了他的新住宅。任何人处在我这个位置，纳胡姆想，都会气呼呼地闯进去，搧大卫几个耳光，拽起女儿，把她拉回家。或者与此相反：他会平静地进门，站到他们面前，颓丧而困惑，像是在说，你们怎么能够这样，你们不丢脸吗？丢什么脸？纳胡姆问自己。

与此同时，他在蒙蒙细雨中继续逗留了一阵，站在通向房门的小路上，把书紧紧地贴在胸前，镜片上的雨滴模糊了他的视线。远处传来隆隆雷声，雨突然下大了。纳胡姆站在门口的屋檐下等待。他仍然不知道大卫开门时他该说什么。要是埃德娜开门怎么办？大卫·达甘家的花园疏于照管，蓟草和各种杂草丛生，点缀着一群群因雨而生的白蜗牛。窗台上放着三盆枯萎的天竺葵。屋子里静悄悄的。纳胡姆在门口地垫上蹭蹭鞋子，从兜里掏出一块揉皱的手绢擦干眼镜，又把手绢放回衣兜，敲了两下门。

"是你呀，"大卫·达甘热情地说，把纳胡姆拉了进去，"太棒了。进来。别在外边站着呀。下雨呢。我等了你几天了。我确定你一定会来。我们需要谈谈。埃德娜，"他朝另一个房间大喊，"给你爸弄些咖啡。他终于来了。把外套脱了，纳胡姆。坐。埃德娜已经觉得你生我们的气了，我跟她说：你看着吧，他会来的。为了你，我们开了半小时的暖气。冬天突然降临了，是吧？下大雨时你去哪儿了？"

他把大大的手指插进纳胡姆的外套袖子里说：

"我们确实需要聊聊这些恼人的事，所有的年轻人服完兵役后都想直接去上大学，不想工作。也许我们下次应该表决，强制他们在基布兹劳动三年后再去深造。你认为呢，纳胡姆？"

纳胡姆（还戴着帽子）声音平淡地说：

"可是我不知道怎样——"

大卫打断了他的话，把一只宽大的手掌放到他的肩膀上说：

"给我一分钟，把事情理顺。我不反对到大学读书。你知道，我不反对年轻一代去拿学位。相反，迟早有一天所有在牲口棚干活的都会有博士学位，干吗不呢？可是绝对不能以牺牲在田里和在牲口棚的基本工作为代价。"

纳胡姆犹豫了一下。他仍然穿着湿漉漉的破外套，左手贴在胸口，以免书滑落下来。他终于坐了下来，没脱外套，手也没放松那本书。大卫·达甘说：

"你也许不同意我的看法，是吧，纳胡姆？这么多年了，你有一次同意我的看法吗？然而我们永远是朋友。"

纳胡姆突然恨起了大卫那修剪整齐、泛着银丝的浓密八字胡，恨起了他只要一分钟把事情理顺的习惯。他说：

"可是她是你学生。"

"已经不是了，"大卫用一种权威性的口吻说，"几个月后，她就会成为一名女兵。过来，埃德娜。请告诉你爸爸没人绑架你。"

埃德娜走进房间，她身穿一条棕色的灯芯绒裤子和一件蓝色超长款毛衣。乌黑的头发用根浅色丝带系在脑后。她用托盘端来两杯咖啡，一小碟糖和一小罐牛奶。她弯下腰，把盘子放在桌子上，站在离两个男人不远的地方，双手抱肩，好像尽管煤油暖气开着，冒出明亮的蓝色火苗，她在这里还是冷。纳胡姆迅速偷看了女儿一眼，随即转移了视线，脸红了，好像瞥见了她半裸的身体。她说："还有小点心。"而后，她停顿片刻，依旧站在那里，用柔和平静的声音加了一句："你好，爸爸。"

纳胡姆心底既没有愤怒，也没有指责，只有对女儿的强烈思念，就好像她没有站在房间里，离他只有三步之遥，而是去了一个遥远而陌生的地方旅行。他说话怯生生的，句尾带着一点疑问：

"我来带你回家？"

大卫·达甘把手放在埃德娜的后颈上，抚摸她的后背，稍稍把玩她的秀发，以令人舒适的口吻说：

"埃德娜不是一把水壶，你可以把她拿起来，放到什么地方，对吧，埃德娜？"

她什么话也没说，站在煤油暖气旁边，双手抱肩，对大卫·达甘的手指无动于衷，盯着窗上的雨水。

纳胡姆望着她。她的样子恬静而专注，好像在想着完全不同的事情。好像她的思绪已经飞走，不再打算在两个比她大三十岁的男人之间做出抉择。也许她从来就没有打算做出抉择。

只听得雨水不断地击打着窗棂，泻向明沟。煤油暖气发出舒适温暖的火光。偶尔，可听得煤油在暖气里边的输送管里沸腾。

纳胡姆问自己，你为什么到这里来？你真的认为你能斩杀巨龙释放被诱拐的公主吗？你应该待在家里，等候她归来。她毕竟只是把一个孱弱的爸爸换成一个强大的父亲。然而这个强大的父亲很快会令人感到乏味。她和他在一起如同和我在一起，她给他煮咖啡，周一把他的衣服拿到洗衣房，周五再取回来。她也许会厌倦那一切。如果你不这么急急忙忙冒雨来到这里就好了；如果你明智地待在家里，静静地等候她，她迟早会回来，或者向你解释她的所作所为，或者因为这种爱情已经结束了。爱情是种传染病：控制你，又将你解脱。

大卫说：

"等等，给我一分钟，把事情理顺。纳胡姆，你我尽管在如何管理基布兹问题上持有异议，但友谊把我们连在了一起。

现在我们之间又有了一种牢固的联系。就只这些。没有什么不好。我要在全体大会上提出上大学前强制劳动三年的想法。你显然不会支持我，但是在你内心深处，你也知道我是对的。至少在会上不要阻止我获取多数人的支持。喝你的咖啡吧，都凉了。"

埃德娜说：

"别走。等雨停了再走，爸爸。"

接着又说：

"别为我担心。我在这里挺好的。"

纳胡姆选择不做回应。他没动女儿给他端来的咖啡。他后悔来到这里。他真的想要什么，要征服爱情吗？迅疾的灯光一刹那照到他的镜片上。爱在他看来突然成为人生的另一个障碍：当你面对它时，不得不低下头，直等到它过去。再过一分钟，大卫·达甘也许会开始谈论政府，或者下雨的优点。苦难有时会从性情温和之人的心底汲取罕见的无畏，这无畏在纳胡姆·阿塞洛夫嘶哑的声音中加进了刺耳、苦涩的腔调：

"可是怎么可能？"

他腾地从座处起身，猛然从破旧的外套里掏出那本高级阿拉伯语课本，打算把它使劲儿拍在桌子上，弄得杯子里的小勺叮当作响，但最后一刻，他收手了。他把书轻轻放下，小心翼翼地不把书损坏，也不损坏杯子或铺着油布的桌子。他摸索着走向门口，转身看见女儿站在那里神情忧伤地望着自己，双手抱肩，看见他的好朋友坐在那里，跷着二郎腿，一双有力的手握着杯子，面部表情复杂，混杂着怜悯、宽恕和讽刺。纳胡姆用力前倾着头，大步走向门口，好像打算用头去撞门。出门时他没有砰地摔门，而是轻轻地把门关上，好像怕把门或者门框弄疼。他把帽子拉得几乎垂到眼上，竖起衣领，沿着通往松林的湿漉漉的小径走去。他的眼镜立即蒙上了一层水雾。他把外衣最上面的扣子扣上，左手紧贴前胸，好像书还揣在里面。与此同时，外面天色昏暗下来。

父 亲

十点钟休息时,莫沙伊·亚沙尔,一个瘦高、忧伤、戴一副眼镜的十六岁男孩去见他的老师大卫·达甘,请求老师批准,放学完成作业后去探望父亲。他计划和在奥尔耶胡达的亲属一起待一个晚上,第二天四点半起床,赶头班大巴回到基布兹,不耽误上课。

大卫·达甘拍拍孩子的肩膀,温和地说:

"去看亲戚让你和我们疏远了。你基本上已经是我们当中的一员了。"

莫沙伊说:

"他是我父亲。"

大卫·达甘思忖片刻,点了两下头,好像同意自己的说法,问:

"告诉我,你学会游泳了吗?"

男孩盯着自己的凉鞋,说会游一点。他的老师说:"别把头发剪这么短。脑袋上顶着这些头发楂子让你看上去像个难民。你该像其他男孩子那样理个像样的发型。"

他稍加犹豫,善意地加了一句:

"好。去吧。明天第一节课之前一定回来。你在那里要记住:你现在是我们当中的一员了。"

莫沙伊·亚沙尔是我们基布兹的寄宿生。一位福利工作者把他带到了我们这里:他七岁丧母,父亲病倒后,吉瓦特乌勒加的叔叔萨米收养了几个孩子。几年后,他的叔叔也病倒了,福利事务所决定把几个孩子分别送往不同的基布兹生活与读书。莫沙伊开学时来到耶克哈特基布兹,他身穿一件朴素的、没有衣兜的白汗衫,扣子一直扣到脖颈,戴了顶黑色的贝雷帽。他很快便学会了像我们一样光脚走路,像我们一样穿短裤、背心。我们让他参加艺术俱乐部和时事讨论组。他身材细高,行动灵活,也在篮球场大显身手。但是他总是像个外人:当我们夜晚突袭食品储藏室搜寻宝物搞个豪华的午夜派对时,他从来不去。放学后,我们都去劳动,而后去父母家里度过整个晚上,莫沙伊则一个人待在自己的房间做作业,不然就是去俱乐部,眼镜滑到了鼻子下面,把所有报纸从头至尾读个遍。当我们夜晚躺在草坪上,在星光下唱起怀旧的歌曲时，只有他不把头枕在女孩子的大腿上。开始时，我们称他为"天外来客"，取笑他的腼腆，但几个星期以后，我们不再嘲笑他的见外，那见外中带有宁静与克制。如果有人得罪了他，莫沙伊·亚沙尔会直视冒犯者的眼睛。有时他会用一种冷静的声音说："你伤害我了。"但是他对工作任劳任怨，时刻准备着去干各种活计：扛东西，搬东西，把东西挂起来。即使那些伤害过他的人有所求，他也愿意提供帮助。几个月后，"天外来客"的绰号消失了，女孩子们开始叫他莫什克。对待女孩子，他有副独特的绅士做派，与我们粗暴的取笑形成强烈的反差。莫沙伊和女孩子说话的样子，让她们感觉身为女孩就有某种奇妙之处。

学校每天早晨七点上课，一点钟放学，我们在学校餐厅吃午饭，而后换上工作服。每天两点到四点，我们在基布兹的各个部门劳动。莫沙伊在养鸡场干活，与我们许多人不同的是，他从不要求调换工种。他很快便学会把饲料撒在槽里，从架子上的母鸡铁丝笼里捡鸡蛋，把鸡蛋装在纸盒里，把恒温器放进孵化室，喂小鸡，他甚至给母鸡注射疫苗。养鸡场的老工友施雷加·谢特肖帕特和茜斯卡·霍尼格非常喜欢他。他动作敏捷，工作努力，安静，仔细，周到，从来没有打碎过鸡蛋，或者忘记把干净的锯末撒在饲养小鸡仔儿的孵化室，从来不迟到，没请过一天病假，也没因为任何理由旷工。

大卫·达甘对另一位老师丽芙卡·里克瓦说：

"是啊，我允许他在今天下班至明天第一节课之间去看望他的父亲，尽管我并不特别愿意他外出。"

丽芙卡说："我们得劝说他与他们断绝往来。他们在拖他的后腿。"

大卫说：

"我们来到这个国家后，就把父母抛在脑后了。一下子把他们从我们的生活中去除，就是这样。"

丽芙卡说："那男孩品质优秀：安静、勤奋、容易和人相处。"

大卫说："总之，我对塞法尔迪犹太人的看法非常乐观。我们得对他们多投入，但是投入应该得到回报。再过一两代人，他们会和我们一样。"

大卫·达甘答应给他假后，莫沙伊急忙回到他和塔米尔、德罗尔合住的房间。十分钟课间休息即将结束时，他已经整理好一个小包，里面装着内衣、袜子、一件备用的衬衣、牙刷和牙膏、一本加缪的《鼠疫》，以及他那顶破旧的黑贝雷帽，他一直把贝雷帽藏在衣橱左边的格子里、塔米尔的格子下边一堆衣服底下。

课间休息后，他们上了历史课。老师大卫·达甘讲了法国大革命，细说了卡尔·马克思的观点：那是一场必要的、不可避免的、以消灭阶级社会为目标的历史革命的前兆和初级阶段。吉戴恩、莉拉赫和卡米拉举起了手问问题，大卫·达甘给予了坚定而详尽的回答。"给我一分钟，"他说，"我们可以把事情理顺。"

莫沙伊擦干净眼镜，有闻必录——他是一个认真的学生——却克制自己不问问题。几个星期前，他在学校图书馆看了几章《资本论》，他不喜欢卡尔·马克思：他觉得几乎每个句子后面都出现一个惊叹号，这些惊叹号震慑了他。在莫沙伊看来，马克思主张经济、社会和历史律法与自然法则同样清晰、不可改变。仅是自然法则不可改变这一点，也让莫沙伊疑虑重重。

当莉拉赫说要进步就会有牺牲时，大卫·达甘表示同意，补充说历史绝非花园里的招待会。流血令莫沙伊反感，花园招待会对他也没有特别的吸引力。他没有参加过一场花园招待会，但他也从不愿意参加。同学们回家和父母团聚时，他把空闲时间全部用来坐在空荡荡的图书馆读书。他读的书中，有一本译作《我们孤独地死去》，描写第二次世界大战期间如何在冰天雪地的北方逃生与幸存，作者是大卫·霍华德。读书引导他得出一个简单的结论：多数人需要更多的温情。这些想法在上法国大革命课时充斥在他的脑际。上完历史课后，还有三角学和农业。这些课都上完后，我们就冲出教室，直奔房间，穿上工作服，急不可耐地跑到饭厅吃午饭。

午餐有菠菜馅饼、土豆泥、酸黄瓜和熟胡萝卜。我们饿了，因此狼吞虎咽地吞下面包，索要更多的土豆泥。每个桌子上都有一大瓶冷水，因为天热，我们每个人都要喝上两三杯。苍蝇在我们的脑袋周围嗡嗡作响，巨大的、布满灰尘的电风扇在上方打转儿。甜点是煮熟的水果。吃完饭后，我们收拾起餐具，放在通往洗涤间的窗口，而后去干活：塔米尔去车库，德罗尔去饲料厂，卡米拉去育婴室，莉拉赫去洗衣房。

莫沙伊穿着满是灰尘的工作服和散发出鸡屎味的鞋子，穿过柏树路，经过两个废弃的牛棚和一个铁皮顶的披屋，来到大养鸡场。即使还隔着一段距离，养鸡场的气味就已经包围了他：鸡屎、饲料灰尘、黏在金属铁丝网上的鸡毛味儿，混杂着过度拥挤和令人窒息的模糊气味。茜斯卡正在等他，她坐在一个小凳子上，把鸡蛋按照大小放进纸盒里。莫沙伊向她致以问候，告诉她，今天下班后他将坐四点钟的大巴去看望父亲。茜斯卡说，她年轻时，只是在某一天离家去往以色列，加入了基布兹，因此她实际上从来没有和父母告别。纳粹在立陶宛把他们杀害了。"你家究竟在哪里呢？"茜斯卡问莫沙伊，"他们住在某个移民营？"

莫沙伊用一种低沉平稳的声音把这里人问他时说的话又复述了一遍，他母亲去世了，父亲病了，叔叔也病了，因此他和兄弟姐妹们被送进了不同的基布兹。他一边说话，一边把饲料车推到大饲料箱下，把饲料箱装满。他顺着两排鸡笼之间的小道向前推饲料箱，把饲料装进饲料槽里。笼子下面塞满了鸡粪。在任何一个笼子里看到死鸡，他都会把笼子打开，把死鸡拿出来，轻轻放在身后的混凝土小道上。等到把所有的饲料槽装满饲料，他会回头收敛死鸡的尸体。空中弥漫着低沉的呻吟声，就像笼子里的母鸡两只两只地挤在一起，发出微弱、持续、不知所措的悲音。时不时会从某只笼子里传来一声恐惧的尖叫，好像一只小鸡突然猜出这一切该如何结束似的。毕竟，世上从来没有一模一样的两只鸡。它们在我们眼里没有什么区别，但实际上它们之间的区别与人与人之间的区别一样，自从创世以来，就没有两个完全相同的造物被创造出来。莫沙伊已经决定有朝一日做一个素食主义者，甚至是一个严格的素食主义者，但他一直拖延着，因为在基布兹的男孩子里，做一个素食主义者谈何容易。即使没做素食主义者，他也得夜以继日地像其他人那样努力工作。伪装。不外露。他想到吃肉的残忍，想到这些母鸡的悲惨命运：注定紧紧挤在铁丝笼子里终其一生。莫沙伊想，有朝一日，下一代人会管我们叫刽子手，无法理解我们竟然吃与我们近乎同类的生灵的血肉，使之不能触摸大地，闻嗅绿草，在自动孵化器里将其孵出，在拥挤的笼子里将其养大，强制喂养它们，把鸡蛋偷走，不得孵化，最后切开它们的喉咙，拔掉它们的毛羽，一条腿一条腿地将其撕裂，大快朵颐，流着口水，舔舔嘴唇上的脂油。几个月来，莫沙伊一直盘算着要打开一只笼子，鬼鬼祟祟地偷出一只小鸡，只偷一只，藏在衣服里，避开茜斯卡和施雷加警觉的眼睛，偷偷地带出鸡场，在基布兹篱笆墙外把它放了。可是一只被抛弃的小鸡在田野里能干什么？夜晚，胡狼会将其撕成碎片。

　　他突然对自己感到厌恶，他经常有这种情绪，其原因多种多样。而后他又因自己的厌恶之情对自己产生反感，轻蔑地称自己心肠软，那是大卫·达甘有时用来形容那些畏惧革命的必要残酷性的人的。莫沙伊尊重大卫·达甘，大卫是一个固执己见、讲原则的人，他用父亲般的羽翼呵护莫沙伊和学校里的其他学生。正是大卫·达甘欢迎莫沙伊来到耶克哈特基布兹，温和然而坚定地引导他走进新生活。是他让莫沙伊参加了艺术俱乐部和时事讨论组；莫沙伊刚来基布兹时，遭遇其他孩子的嘲弄，是他严厉地加以阻止。莫沙伊和我们一样也知道大卫和一个非常年轻的女孩、电工的女儿埃德娜·阿塞洛夫住在一起。大卫的生活里有许多女人，尽管莫沙伊为此感到震惊，但他对自己说，毕竟大卫·达甘不是普通人，与大家不一样，他是一位哲学家。他不会对大卫品头论足，他对他如此感激。但是他确实奇怪。他不止一次把自己放在大卫的位置上思考，但他永远想象不出老师想到女人和女孩子时那随意的权利意识。他想，不只是社会革命，也不是大卫所说的残酷的终极革命，可以实现大卫那样的人与我这样的人之间的平等，他们不费吹灰之力便可以获得女人的青睐，而我甚至在想象中也永远不敢。

是啊，莫沙伊·亚沙尔确实偶尔梦见同学卡米拉·尼沃腼腆的微笑，梦见她用手指在笛子上飞舞，吹奏忧郁的曲子，但是他从来不敢接近她，不敢跟她说话，甚至不敢用眼看她。在教室里，他坐在她后面，中间还隔了一排。当她俯身在笔记本上写字时，他在自己的座位上可以看到她颀长脖颈的曲线，看到柔软的头发垂到她的后颈上。一次，卡米拉站在灯和墙壁之间和一个女孩说话，他从那里经过，抚摸了她的影子。在这之后，他醒着躺了半夜，无法入睡。

茜斯卡说:"你把自动调温器放进孵化室,检查一下饲料槽里有没有水,喂喂小鸡,把所有的鸡蛋纸盒放进冰箱,然后就可以走了。我给你写今天的总结。你提前十五分钟离开,这样你就有时间冲澡,换衣服,赶上四点钟的大巴了。"

莫沙伊正在收起他留在走道里的死鸡,准备放在外面的桶里烧掉,这时说道:

"谢谢。"

又加了一句:

"我明天早晨回来,下午早来十五分钟。"

茜斯卡说:

"主要是你在那边要向他们表明你已经完全是个基布兹人了。"

一个人洗澡时,他用肥皂和水使劲擦除养鸡场的气味,擦干身体,穿上熨帖的长裤和一件安息日穿的衬衣,把袖子卷到胳膊肘。他去自己房间,拿起他利用十分钟休息时间装好的包,迅速动身,抄近路穿过草坪和花圃。园丁兹维·普罗维佐尔正跪在一个花圃里,拔着杂草。他抬起头,问莫沙伊去哪里。莫沙伊想说他要去医院探望父亲,但他没这么说,而是说:

"进城。"

兹维·普罗维佐尔问：

"为什么？他们那里有什么我们这里没有的吗？"

莫沙伊没有说话，但想回答：

"怪人。"

在中心汽车站，莫沙伊从耶克哈特基布兹的车上下来，上了开往医院的大巴。他选择坐在座位的最后一排。他从包里拿出破旧的贝雷帽，戴在头上，又往下拉了拉，直到盖住半个额头。一路上，他的衬衣扣一直扣得好好的，袖子拉到手腕，跟福利工人带他来耶克哈特基布兹那天时一样。他依然穿着基布兹夏天给他穿的凉鞋，但他基本上确定他的父亲不会留意。他父亲仍旧留意的事情寥寥无几。大巴在中心汽车站附近的小巷里迂回前行，浓烈的油炸食品的味道与消耗的燃油气味从敞开的窗子飘了进来。莫沙伊想起班上开始叫他莫什克的女孩子。冷嘲热讽与戏弄取笑的时代已经过去，莫沙伊感到他正在享受基布兹的社会生活。他喜欢学校，在学校他夏天可以光着脚坐在教室里，自由自在地和老师争论，用不着像平时那般俯首帖耳。他喜欢篮球场。他也喜欢艺术俱乐部和时事讨论小组的晚间聚会，他们在那里讨论成人事宜。以色列生活通常由两大阵营所代表：进步营垒与旧世界。

莫沙伊清楚知道他的一部分属于旧世界，因为他并不总是接受进步观点，但是他不争论，只是倾听。他利用自己的空闲时间阅读从图书馆借来的陀思妥耶夫斯基、加缪和卡夫卡的书，为书中那些令人费解的事物所吸引。未能解决的问题比轻而易举的答案更能吸引他。但是他告诉自己，这也许仍然是调节过程的一部分，再过几个月，他就会学会用大卫·达甘与其他老师希望自己学生来看世界的方式来看待世界。做他们中的一员真好。莫沙伊嫉妒那些男孩，他们晚上在大草坪上如此随意地把头枕在女孩子的大腿上，大唱劳动歌曲与爱国歌曲。听人说直到十二岁，男孩女孩都可以光着身子洗澡。闻听此事，他的后背涌起一股因激动与恐惧而生的寒战。塔米尔和德罗尔一天又一天地看着卡米拉·尼沃光着身子洗澡，他们对此司空见惯，然而对他来说，就连想到她脖颈的曲线，想到她柔软的头发垂到后颈，都令他在渴望与羞愧中颤抖。有朝一日他会成为他们当中的一员吗？他既渴望那一天，又害怕那一天，他在内心深处知道那一天永远不会来临。

大巴已经离开特拉维夫，在一座座郊区小镇上颠簸行进，每个小站都停，让乘客上下车。讲罗马尼亚语、阿拉伯语、意第绪语、匈牙利语的终日辛勤劳作的人们，有的扛着活鸡，有的带着用破毯子包起来的大包裹，或者用绳子绑起来的旧箱子。大巴上有时会发生叫嚷与推搡，司机训斥乘客，乘客谩骂司机。有一次，司机把车停在两个小村庄之间的路边，下了车，背朝大巴，在田野里小便。当他再次登上大巴发动引擎时，呛人的漆黑柴油弥漫在空中。天气炎热潮湿，乘客们大汗淋漓。旅行持续了很长时间，甚至比从耶克哈特基布兹到特拉维夫还要长，因为大巴在小镇和一个移民营之间绕行。无人居住地区遍布着一座座橘园和满是荆棘的田野。一排排布满灰尘、树皮脱落的柏树或者橡树列队在道路两旁。最后，日光黯淡下来，莫沙伊站起身，拉了下电绳叫停车，开始踏上通往医院的脏兮兮的岔路。

  莫沙伊一下车，就看到一只灰褐色的杂种小狗。小狗头上有块白色花斑。它从灌木丛斜插过来跑向公路，大巴正好开始启动。前轮胎躲过了它，可是后轮胎碾压在它的身上，小狗甚至都没来得及叫上一声。只传来一声轻轻的撞击声，大巴继续行驶。小狗倒在裂开的公路上，剧烈地抽搐，一次次地抬起脑袋，但每次都砰地撞回坚硬的沥青路上。它的腿在空中挥动，一道黑色的血流从张着的嘴巴里喷涌出来，流过晶莹的小牙齿，另一道血流从后臀上渗了出来。莫沙伊冲过去，跪在地上，轻轻托住小狗的脑袋，直至其不再抽搐，闭上了双眼。他捡起余温尚存的小尸体，以妨别的车子再撞到它，把它抱到车站附近涂着白色涂料的橡树下。他用一些泥土擦干净自己的双手，但是无法擦掉裤子上和白色安息日衬衣上的血渍。他知道父亲不可能注意到这些。他父亲仍然关注的事情寥寥无几。莫沙伊在那里站立片刻，拿出手绢，擦去镜片上的湿气。因为夜幕已经降临，他开始快步行走，几乎沿着脏兮兮的公路奔跑起来。

从公路到医院要走二十分钟，医院环绕在用未作处理的轻型砖盖起的石墙内，墙上装着带刺铁丝网。他到那里时，衣服上的血迹已经凝结成了锈色的血污。

医院门口站着个身材肥胖、满头大汗的门卫。他戴着无边小帽，粗壮的身体挡住了入口。他告诉莫沙伊探视时间早就结束了，他应该回去，明天再来。莫沙伊因为小狗死了而眼中含泪，试图解释他专门从耶克哈特基布兹赶来探望父亲，明天早上七点之前还要赶回基布兹。肥胖的门卫兴致正高，指着莫沙伊头上的黑色贝雷帽说："他们在基布兹不守安息日，他们把肉和奶混在一起吃，对吗？"莫沙伊试图解释，但是泪水令他哽咽。卫兵变得温和起来："别哭了，孩子，进去吧，没事，进去吧，但是下次要在四五点钟来，别晚上来。别超过半小时。"莫沙伊谢过门卫，出于某种原因伸手去握门

卫的手。门卫没有去握莫沙伊伸出的手,而是拍了两下孩子头上的黑色贝雷帽,说:

"只是不要不守安息日。"

莫沙伊穿过一个无人照管的小花园,花园里有两条破旧的长椅,该刷漆了。他来到一扇铁门前,按了一下刺耳的门铃。门开了,他穿过铁门。门口有十来个男女坐在靠墙的一排铁椅子上,墙壁有一半被刷成了土黄色。这些男女身穿条纹病号服,平底拖鞋。有些人在犹豫不决地交谈。一个身材魁梧的管理人员身穿一件花里胡哨的衬衣,配军裤、靴子,站在房间的一个角落嚼口香糖。一个年纪不轻的女人正在狂暴地编织东西,尽管她手里既没有针,也没有毛线。她的两片嘴唇在小声地咕哝着什么。一个身材瘦高的驼背男人背对房门站着,紧握窗子把手,冲着外面已经黑暗的世界说话。一个老太太独自坐在靠近门口的地方,吸吮着拇指,咕哝着祈祷词。父亲在外面的阳台上。那阳台从上到下用网子罩住。他坐在一把灰色的椅子上,旁边是一张金属小桌,也是灰色的,桌上放着正在变凉的一茶缸茶。莫沙伊坐在他旁边的一把金属椅子上说:

"你好,爸爸。"他弯下腰身,这样父亲便不会看到他衣服上的血渍。

父亲看都没看儿子一眼，回应说你好。

"我来看你了。"

父亲点点头，没有说话。

"我是坐大巴来的。"

父亲问：

"他去哪里了？"

"谁呀？"

"莫沙伊。"

"我就是莫沙伊。"

"你是莫沙伊。"

"我是莫沙伊。我来看你了。"

"你是莫沙伊。"

"你好吗，爸爸？"

父亲带着关心和无限的哀伤又问，声音痛苦地颤抖着：

"他去哪里了？去哪里了？"

莫沙伊拿起父亲的手，那只手青筋暴起，布满皱纹，艰苦的修路和种地劳作已经把那手损坏了。莫沙伊说：

"我是从基布兹来的，爸爸。我从耶克哈特基布兹来的。我来看你。我一切都好。一切顺利。"

"你是莫沙伊？"

于是莫沙伊开始向父亲讲起他的学习。他的老师大卫·达甘。图书馆。唱优美的乡愁歌曲的女孩子。然后，他打开双肩背书包，拿出绿色封面的《鼠疫》，给父亲念了前两段。他父亲略微倾斜的脑袋上戴着一顶无檐小帽，他认真地听着，疲倦的眼睛半闭着，而后突然拿起金属茶缸，看着里面已经变冷的茶水，伤心地摇摇头，又把茶缸放下问：

"他去哪里了？"

莫沙伊说：

"我去厨房给你倒一杯新茶。热茶。"

他的父亲用手擦擦额头，好像从睡眠中醒来，又说：

"你是莫沙伊。"

莫沙伊拉过父亲的手，没有拥抱他，但是继续按着他那松弛的褐色手臂。他给父亲讲了篮球场，讲他在看的书，讲时事讨论小组的争论，讲他在艺术俱乐部参加的讨论，讲卡夫卡作品中的K君，讲大卫·达甘——他已经有好几个妻子和情人了，现在和一个十七岁的女孩住一起，但总是充分关注他的学生，他刚到基布兹的那几个星期遭受其他孩子取笑讽刺时，大卫·达甘坚决维护他。大卫·达甘习惯对人说："给我一分钟，我们把事情理顺。"莫沙伊和父亲说了十来分钟的话，父亲闭上眼睛，而后又睁开眼睛伤心地说：

"现在，你可以走了。你是莫沙伊？"

莫沙伊说：

"是的。爸爸。"

又说：

"别担心，爸爸。过两个星期我再来看你。他们让我来。大卫·达甘让我来。"

父亲点点头，下巴垂到前胸，就像在悲悼。

莫沙伊说：

"再见，爸爸。"

接着又说：

"再见。别担心。"

他从门口看了父亲最后一眼，只见他直挺挺地坐在那里盯着金属茶缸。出去的时候，莫沙伊问穿军裤的管理员：

"他怎么样？"

管理人员说：

"挺好的。很安静。"

接着他又补充说：

"我希望大家都像他那样。"

最后说：

"你是个非常好的儿子。祝福你。"

莫沙伊离开时,外面差不多全黑了。莫沙伊心中突然充满一种自我憎恨之情,这种情感已经出现不止一次了。他摘下贝雷帽,放进书包。他把袖子挽到胳膊肘,没有扣最上面的扣子。医院前面的小花园里只长着荆棘和匍匐冰草。有人把餐巾纸遗忘在长椅上,还有人把睡袍的腰带丢在了荆棘里。莫沙伊注意到了这些细节,因为他一向被细节所吸引。他想起茜斯卡·霍尼格,她告诉他要留心生病的母鸡,要在它们把疾病传染给整个鸡场之前将其隔离。他想起正躺在某个草坪上的同学,男孩子头枕着女孩子的大腿,唱着怀旧的歌曲。其中一个男孩,塔米尔或者德罗尔或者吉戴恩或者阿龙的一头金发正枕在卡米拉·尼沃的大腿上,大腿的温热正抚慰着他的脸颊。现在莫沙伊愿意付出一切只求置身于那里。永远做他们当中的一员。然而他很清楚永远不会有这样的事。他经过门口时,快乐的门卫问:

"怎么回事,你进去时头上戴着帽子,出来时却不戴了?"

莫沙伊只说了晚安,就拐上医院通往公路的那条脏兮兮的岔路。路上漆黑一片,空无一人。没有一辆车从身边驶过。

只见远处微光闪闪。他可以听到驴叫声。有亮光的方向模模糊糊传来孩子们的声音。他盘腿坐在刷了一层白漆的橡树下，离他安放小狗尸体的地方不远。他等了很长时间。他觉得自己可以听见从医院那边传来的刺耳的哭泣声，但是他不确定。他一动不动地坐在那里倾听。

小 男 孩

妻子利亚前去基布兹教育学院参加为期十天的保育员培训。罗尼·辛德林很高兴她会离开几天。在金属制品商店交班后，他洗了个澡，下午四点去儿童之家接回五岁的儿子尤娃尔。不下雨的日子，他会牵着尤娃尔的小手绕着基布兹溜达一圈。尤娃尔穿着绿色短靴、法兰绒长裤、毛衣和一件夹克。罗尼总是把孩子的帽带系在下巴下，因为他的两只耳朵对寒冷敏感。接着他把尤娃尔抱起来，带他去看奶牛和绵羊。尤娃尔有点害怕奶牛，因为奶牛在湿乎乎的粪肥上打滚，时不时小声地哞哞叫。父亲为他背诵：

"奶牛乖乖，莫大叫，莫摇摆，等我尤娃尔来。"

尤娃尔问：

"它为什么吼叫？"

罗尼解释说：

"奶牛不是吼叫。奶牛哞哞叫,狮子吼叫。"

"狮子为什么吼叫?"

"它们在叫自己的朋友。"

"它们的朋友讨厌。"

"它们的朋友取笑它们。"

"它们讨厌。"

尤娃尔这个男娃个头儿矮小,行动缓慢,一惊一乍的。他经常生病,几乎每星期都要腹泻,冬天耳朵还会感染。幼儿园的孩子们不断地折腾他。他每天多数时间坐在角落里的一个垫子上,把拇指放在嘴里吮,背对着房间,脸冲着墙壁,一个人玩积木或者橡皮艇。如果用力挤压,橡皮艇就会发出悲伤的叫声,他呢,就不停地挤压橡皮艇。他从一岁起就玩这个。孩子们管他叫尤娃尔尿尿床。保育员转过身去时,他们就拔他的头发。他默默地哭了又哭,鼻涕流到了嘴唇和下巴上。保育员也不喜欢他,因为他不知道怎样保护自己,因为他不合群,因为他总是哭哭啼啼。早餐桌上,他慢吞吞地在粥碗里挑挑拣拣,饭剩下一大半儿。保育员责骂他,他就哭。保育员试图哄他多吃点,他就会把身子蜷缩起来,一声不吭。都五岁了每天夜里还尿床,因此保育员还得在普通床单下铺一条橡胶床单。每天早晨起床时,床都湿漉漉的,孩子们取笑他。他会穿着湿漉漉的睡衣光着脚丫坐在那里,把拇指放进嘴里,不去换干衣服,而是默默地哭,鼻涕、眼泪混在一起,粘在脸颊上,直至保育员来斥责他:"唉,真是的,穿衣服,尤娃尔。擦擦鼻子。别再哭了。别这样。"

学前教育委员会指导他的妈妈利亚对他严加管教,帮助他戒掉这种自我放纵的行为。因此,他下午时和父母待在家里,利亚监督他挺直腰板坐着,把盘子里的东西吃光,永远不吃大拇指。他要是哭,就因为爱哭惩罚他。她反对拥抱与亲吻,相信我们新社会的孩子要强壮,要富有活力。她认为尤娃尔的问题来自老师,老师和保育员让他做不该做的事情,原谅他的怪癖。只有在利亚不在场时,罗尼才亲吻尤娃尔。利亚不在时,罗尼就会从兜里拿出一条巧克力,掰下两三块给尤娃尔。尤娃尔和父亲把那些巧克力藏到利亚和旁人找不到的地方。不止一次,罗尼打算就利亚对待儿子的方式提出异议,但是怕她大光其火,她的大怒会使尤娃尔抱着鸭子趴床下,无声地哭泣,直到母亲气消——即便那时,孩子也不会急着从藏身之处出来。

在基布兹,罗尼·辛德林被视为一个爱说长道短的人和喜剧演员,但在自己家里,他几乎从来不开玩笑,因为利亚受不了他的妙语连珠,她觉得他的俏皮话粗俗不堪,没有品位。利亚和罗尼一支接一支地吸基布兹发给大家的廉价喜龙牌香烟,他们的小房子里总是烟雾缭绕。即使在夜里也有烟味儿,因为它渗进了家具和墙壁里,悬浮在房顶下。利亚不喜欢没必要的抚摸和交谈。她坚信实实在在的原则。她以狂热的赤诚,恪守基布兹所有的原则。在她看来,基布兹的夫妻应该过简单的日子。

他们的小套房里放有一个胶合板书架和一张泡沫橡胶垫沙发,夜里他们把沙发打开变成一张双人床,早晨再收拢起来。还有一张咖啡桌、两把柳条扶手椅、一把沙发椅和一个粗糙的地垫。墙上挂着一幅画,画的是阳光下金灿灿的向日葵田,房间角落放着一个用作花瓶的弹壳箱,里面插着一束干枯的荆棘。当然空气中弥漫着烟味儿。

傍晚,第二天的劳动日程挂到黑板上之后,罗尼喜欢和朋友、熟人一起坐在餐厅一头他平时坐的餐桌旁,抽烟,谈论基布兹人的生活状况。任何事情都逃不过他的眼睛。旁人的生活引起了他不知疲倦的好奇,发出阵阵如珠妙语。他认为我们的理想越高远,我们的弱点和矛盾就越荒诞。有时,他面带微笑引用列维·艾希科尔的话,艾希科尔说人只是人,即便如此,人者难寻。他会给自己点上一支新的香烟,用略带鼻音的声音对老朋友说:

"有些人玩音乐椅游戏,但是我们这里玩音乐配偶游戏。先是布阿兹起来离开奥丝娜特去找阿丽埃拉·巴拉什,现在阿丽埃拉起来离开布阿兹去找她的猫,明天那些新近被抛弃的女人会来领走布阿兹。用《圣经》的话说:'未见过义人被弃,也未见过他的后裔讨饭。[1]'"

或者说:

"耶克哈特基布兹的人若是需要妻子,就站在大卫·达甘家的台阶底下候上一阵子。会有女人像烟蒂那样被扔出来。"

罗尼·辛德林和他的同桌有时粗嘎地狂笑,基布兹成员尽量不要成为他们玩笑中的烟蒂。

夜里十点,罗尼及其小团伙儿各回各家,他会在儿童之家停下来去检查一下尤娃尔的情况,给他掖被子。而后他会步履蹒跚地回家,坐在台阶上脱掉鞋子,不把泥巴带进房间,穿着袜子蹑手蹑脚走进门。利亚会坐在那里,一支接一支地吸烟,听收音机。她每天晚上都听收音机。罗尼也会点上一天里的最后一支香烟,一声不吭地坐在她的对面。十点半,他们把香烟熄灭,关上灯,上床睡觉。他裹上毯子,她也裹上毯子,因为他们都要早上六点之前起床去上班。

---

[1] 《圣经·诗篇》37:25。

在五金商店，罗尼以敬业而闻名，他从来也没有错过参加农场管理委员会的碰头会，他总是支持农业部门谨慎平衡的管理，反对可能鲁莽的倡议。他支持对养鸡场进行有限的扩大，但反对向银行贷款。

他有一个集邮册，每天下班后都和尤娃尔一起研究：他们弯腰坐在那里，几乎碰到了咖啡桌，飘着蓝色火苗的煤油暖气给房间带来了温暖。尤娃尔用一只小碗里的水把贴有邮票的信封浸湿，溶化糨糊，把邮票从纸上揭下来。接着，在父亲的指导下，他把邮票贴在一张吸墨纸上弄干。罗尼一边把邮票放进集邮册里，一边根据英文目录向尤娃尔解释日本是太阳冉冉升起的地方，解释叫作冰岛的冰雪封冻的国家，解释亚丁以及泪谷附近古老的死亡院落，解释巴拿马以及横亘巴拿马的大运河。

利亚为他们榨橙汁，命令尤娃尔把橙汁喝光，而后她坐在角落里，阅读一份教育杂志。煤油暖气偶尔传来微弱的汩汩气泡声，铁架后的火苗不停地闪烁。外面，风雨拍打着紧闭的百叶窗，一棵无花果树的树枝不住地抽打着墙壁，似乎在祈求怜悯。罗尼站起身，把烟灰缸倒空，又在水龙头下用清水冲洗了一下。尤娃尔把拇指放进嘴里，偎依着他的父亲。利亚呵斥起来：

"别吃手了。你别惯着他。他已经被惯得够呛了。"接着她又加了一句：

"他最好吃个橘子，不是吃手，他应该扔掉那个可怜的鸭子。男孩子不玩玩具娃娃。"

现在利亚出门十天，罗尼每天下午四点去儿童之家接尤娃尔和他咯吱作响的鸭子。他把孩子扛在肩上，绕牛棚和鸡场溜达一圈。发酵坑腐烂橘皮的酸臭味儿与动物饲料的浓烈恶臭、牲口棚里潮湿的肥料气味混杂在一起。一阵潮湿的风从西面吹起，暮霭降临在储藏室和牲口棚，笼罩了我们的一座座小红顶屋。时而，一只鸟儿在树梢上刺耳地啁啾，羊圈里的一只绵羊报之以令人心碎的咩咩叫声。雨开始淅淅沥沥地下，父亲和儿子急忙朝前走去，赶回家里。

遛弯儿回到家里，罗尼哄着尤娃尔吃一片夹果酱面包，并喝下一杯可可。尤娃尔勉强咬了三四口面包，呷了一口可可说：

"够了，爸爸。现在看邮票吧。"

罗尼把桌子收拾干净，把餐具放进水池，拿出绿色的集邮册，二人俯下身子，几乎触到了集邮册。罗尼点燃一支香烟，向尤娃尔解释说邮票是来自遥远国家的小来客，每位小来客在这里给我们讲述故乡，讲述故乡的风光和名人，讲述故乡的节日和美丽的建筑。尤娃尔问是否有这样的国家，那里的小孩子被允许夜里和父母睡在一起，小孩子不讨厌，不打人。罗尼不知道如何回答，只说哪里都有好人，有残酷的人，到处都是这样，并向尤娃尔解释了"残忍"一词的含义。罗尼在内心深处相信，在这里残酷有时伪装成自认为正直，或者伪装成为原则献身，他知道任何人都无法完全摆脱它。就连他自己也不能。

七点半了，尤娃尔变得焦虑起来，因为他得回儿童之家，与父亲分别，在那里过夜。他没有要求待在家里，而是去了洗手间小便，迟迟没有出来。罗尼不得不跟进了洗手间，发现他坐在马桶盖上吃他的大拇指，抱住他的橡皮鸭，一度红红的鸭嘴褪色了，一只眼睛陷进了脑袋里。

罗尼说：

"尤娃，我们得走了。时候不早了。"

尤娃尔说：

"不行的，爸爸。我们要路过丛林，里面有狼。"

最后他们都穿上外衣。罗尼帮助尤娃尔穿上绿靴子，把帽带系在他的下巴下。他从台阶后面抄起一根粗大的棍子来赶狼，把尤娃尔抱在怀里，走向儿童之家。孩子一只手搂着爸爸的脑袋，另一只手紧紧抓着鸭子。鸭子不断发出咯吱咯吱的声响。穿过食堂后面的丛林时，罗尼把棍子在潮湿的空中来回挥动，直至狼逃之夭夭。尤娃尔想了想这件事，伤心地说，狼会在夜里回来，爸爸妈妈已经睡觉了。罗尼承诺说夜里值班的保安会把狼赶走，但是孩子非常伤心，因为狼会把警卫吞吃掉。

他们来到儿童之家时，食堂里已经开了电热器，小桌上放着盘子，每个盘子里放着一片夹黄奶酪的面包、半个煮鸡蛋、西红柿片、四枚橄榄和一小堆奶油干酪。矮胖的保育员海姆兹腰间系了一条白围裙，让孩子们把靴子整整齐齐地排在门口，把衣服挂在靴子上面的衣帽钩上。接着孩子们的父母站到外面抽烟，孩子们吃饭，把盘子和杯子放到洗涤槽里，班长们擦桌子。

饭后允许父母进屋把孩子放到床上。孩子们身穿法兰绒睡衣，聚在洗涤槽周围，推推搡搡，吵吵嚷嚷，洗脸刷牙，闹哄哄地爬到床上。给父母们十分钟时间为孩子读故事，或者唱摇篮曲，接着父母们道晚安离开。海姆兹把灯关掉，只留下餐厅里的一盏小灯亮着。她自己待了一会儿，禁止孩子小声说话，命令他们睡觉，再次警告他们，说晚安，只留下浴室一盏苍白的灯不关，关上电热器，离开。

孩子们等她离开后光着脚丫跳下床，开始在卧室和餐厅里跑来跑去。他们拿门口沾满泥巴的靴子你扔我，我扔你，刹那间沸反盈天。男孩子用毯子包住脑袋大吼，吓唬女孩子："我们是阿拉伯人，现在发动进攻了。"女孩子尖叫着挤作一团，其中一个女孩阿媞达灌了一瓶水喷向"阿拉伯人"。混乱状态一直持续着，直至膀大腰圆的男孩阿维塔尔建议：

"嗨，我们去抢尤娃尔的鸭子。"

大家下床时，尤娃尔并没有下床，而是脸冲着墙躺着，想着集邮册上被爸爸称作死亡院落的国家。这个名字让他害怕，他想到墙外黑暗中儿童之家的院子也叫死亡院落。他把毯子拉过头顶，搂着他的橡皮鸭，知道睡着了会有危险，但也不能哭。他等着其他孩子玩累了上床，希望他们今晚会忘记他。他妈妈出差了，爸爸和朋友到食堂围着桌子抽烟，保育员海姆达去别的地方了，死亡院落就在薄墙后面的黑暗中，门没有锁，他们回家必须经过的丛林里有一只狼。

塔得莫尔、塔米尔和丽娜掀开他的毯子，扔到地上，达利特用一种令人气恼的声音唱起来：

"尤娃尔尿床，叮叮当。"

阿维塔尔说：

"现在他又要哭了。"

他转身面向尤娃尔，用一种极度甜美的声音说：

"来呀，尤娃尔，哭一哭吧。就哭一点。我们都友好地求你哩。"

尤娃尔蜷缩成一团，膝盖顶住肚子，脑袋埋进双肩，拧他的鸭子，鸭子发出微弱的叫声。

"他的鸭子是脏的。"

"咱们洗洗鸭子。"

"咱们洗洗他的鸡鸡。他的鸡鸡也是脏的。"

"把鸭子给我们，尤娃尔尿床。来吧，好好给我们吧。"

阿维塔尔试图把鸭子从尤娃尔怀中抢走，但尤娃尔用尽平生力气把鸭子贴在胸口。塔得莫尔和塔米尔拉开尤娃尔的胳膊，他光着脚丫踢开他们。丽娜扒下他的睡衣。塔得莫尔和塔米尔掰开他抓着鸭子的手指，阿维塔尔抓住鸭子，猛地把它从尤娃尔手中抢走，在空中挥动，一只脚着地，跳着，叫着：

"尤娃尔的脏鸭子倒霉了。来吧，我们把它扔掉吧。"

尤娃尔咬紧牙关，强忍着不哭出来，可是他的眼中噙满了泪水，鼻涕从鼻子流到嘴里和下巴上。他光着脚从床上起来，试图袭击阿维塔尔，可阿维塔尔又高又壮。阿维塔尔装作害怕的样子，在尤娃尔的头顶来回晃动着鸭子，又把鸭子递给塔米尔，塔米尔又把它递给丽娜。尤娃尔突然充满弱者的绝望与愤怒，积聚势头，用尽平生力气冲向阿维塔尔，一头撞到他的肚子上，几乎把他撞倒。女孩子达利特和丽娜发出喜悦的叫声。阿维塔尔挺直身子，铆足了劲儿一拳打在尤娃尔的鼻子上。尤娃尔终于躺在地上哭泣起来。达利特说："我们给他弄点水吧。"塔得莫尔说："够了。住手吧。你们这是怎么啦？饶了他吧。"可是阿维塔尔去餐厅从抽屉里拿了一把剪刀。他剪掉橡皮鸭的头，回到卧室，右手拿着鸭子的身体，左手拿着鸭子的头。他朝依然躺在地上的尤娃尔弯下腰身，哈哈大笑，说：

"挑吧，尤娃尔。你可以挑。"

尤娃尔站起来，推开挤在周围的孩子，跌跌撞撞冲向门口，打开房门，径直冲进儿童之家外面死亡院落的夜幕之中。他身穿睡衣光着脚在泥泞中奔跑，整个身体在寒冷与恐惧中不住地抖动，就像一只被追捕的兔子，在希望中奔跑，浑身上下都湿透了，雨水顺着头发流到脸颊，和泪水混在一起。他经过一座座黑漆漆的建筑，穿过食堂附近黑幽幽的小丛林，听到黑狼追逐他时狼爪着地的声音，后脖颈感到狼的呼吸。雨越下越大，他越跑越快，冷风抽打着他的脸庞。他跌跌撞撞，摔倒在一个水坑里，湿漉漉地站起来，满身泥浆，独自一人在黑暗中奔跑，一个街灯接一个街灯，一边跑一边小声地急速地抽泣，他的耳朵冻僵了，钻心地疼痛，直至跑到父母家里，倒在台阶上，不敢进屋，怕他们生气，把他送回儿童之家。在那里，在台阶上，他缩成一团，浑身颤抖，快冻僵了。他的爸爸参加完食堂的晚间谣言大会，回到家里，发现了默默哭泣的他。

罗尼把孩子搂在怀里，抱进房间，脱掉他身上湿漉漉的睡衣，用浴巾擦干净他身上的污泥和黏液，接着用一条粗糙的大毛巾擦拭他冻僵的身体。他用一条暖和的毯子把孩子裹了起来，打开电暖器。尤娃尔讲述了儿童之家发生的一切。罗尼让尤娃尔在电暖气旁边等着，一头冲进雨里，奔跑，喘息，怒火中烧，迅速跑上小山。

他来到儿童之家，鞋子上沾了一层厚厚的泥巴。他看到了值夜班的保安伯塔·布罗姆，伯塔试图告诉他什么事情，可他没有听见，也不想听。绝望与愤怒驱使他对一切视而不见，充耳不闻。他冲进了尤娃尔的房间，打开灯，弯腰猛地把一个温和安静名叫雅伊尔的男孩从毯子里拽了起来，让他站在床前，狠命地一个接一个地扇他的耳光，直至孩子的鼻子开始出血，脑袋在击打下一次又一次地撞到墙上。罗尼大声咆哮：

"这不算完！不算完！谁要再碰尤娃尔，我就杀了他。"

儿童之家值夜班的保安伯塔抓住他的肩膀，把他拉开，孩子扑通一声倒在了床上，哭声又细又尖。伯塔说："你疯了，罗尼，完全疯了。"罗尼朝她胸口打了一拳，跑了出去，冲进泥泞，跑回儿子身边。

父亲和儿子整夜并肩睡在沙发拉开的双人床上。早晨他们仍待在房子里。罗尼没有去上班，没有把尤娃尔送到儿童之家。他把一片面包抹上果酱，热了一杯可可。早上八点半，基布兹书记约阿夫铁青着脸站在门口，简要地通知罗尼明天下午五点到基布兹办公室，回答社会与学前教育委员会的私人问话。

午饭时分，罗尼的朋友们坐在谣言桌旁谈论整个基布兹从早上就开始谈论的话题，罗尼不在场。他们推测如果别人做了那些事，罗尼会说什么。他们说永远无从得知，如此一个安静又幽默的人竟会这样，看看他能做什么。下午三点钟，利亚出现了，是被从培训班上召回来的。回家之前，她去了儿童之家，给孩子留下暖烘烘的内衣、干净的衣服和靴子。她紧闭嘴唇，手指夹着根香烟，告知罗尼，出事后，她，只能她一人管尤娃尔，而且，她决定孩子当晚就要回到儿童之家，这是为了他好。

雨停了，但是天空依然浓云密布，冰冷潮湿的劲风终日从西边吹来。房间里弥漫着烟云。晚上七点半，利亚把尤娃尔裹进衣服里，把他的绿靴子牢牢地提好，说：

"走吧，尤娃尔。你要去睡觉了。他们不会打扰你了。"

又加了一句：

"他们不会再发疯了。从今晚开始，值夜班的保安会尽职尽责。"

他们出去了，罗尼独自待在家里。他点上一支香烟，站在窗前，背朝房间，面对外面的黑暗。利亚九点钟回来，没和他说一句话。她坐在柳条扶手椅上边抽烟边看她的教育杂志。十点钟，罗尼说：

"我出去走走。看看他怎么样了。"

利亚平静地说：

"你哪里也不要去。"

罗尼犹豫了一下，而后放弃了，因为他再也不相信自己了。

十点半，他们关上收音机，倒空烟灰缸，把沙发打开，沙发变成了双人床。他们躺在各自的被子里，明天六点钟之前就得起来去上班。外面，雨又下了起来，风吹打着顽强的无花果树枝，树枝打在百叶窗上。罗尼平躺了一会儿，两眼圆睁,盯着百叶窗。有那么一刻,他想象自己听见了黑暗中传来微弱的笛音。他坐在床上谛听,可是现在他只能听见雨声、风声和树枝擦过百叶窗的声音。后来他进入了梦乡。

在夜晚

二月，轮到约阿夫·卡尔尼从周一到周五值一个星期夜班。他是在耶克哈特基布兹出生的第一个孩子，后来当选为基布兹书记——真正由在基布兹出生的人来掌管该职务的第一人，奠基者、包括他父母在内的人都为此感到非常骄傲。他的多数朋友皮肤晒成了棕褐色，肌肉发达，身体强壮，可约阿夫却身材瘦长，头和肩习惯性地前倾，脸色苍白，耳朵大大的，胡子剃得漫不经心，而他总是心不在焉，喜好沉思，就像个研究《塔木德》的学者。他的脑袋总是向前伸，好像正在检查前面的道路，眼睛通常盯着说话人的肩膀前方。他在安排基布兹事务时周到而圆通，从来不抬高嗓门，也不拍桌子，基布兹的人知道他为人诚实，相当执着，性情温和。而他这方呢，则为自己的好脾气非常不好意思，总是试图表现得对基布兹的原则一丝不苟，严格而热诚。如果你要求他让你干点轻松的活计，或者少干几个小时，他会瓮声瓮气地说，这种事情在这里想都别想，我们必须永远遵守我们的原则。但是他会立刻谨慎地寻找缺口，寻找一条迂回的路径，为的是帮你。

是夜，差几分钟十一点，约阿夫穿上靴子，套上他那件磨损了的厚军服，戴上一顶遮住耳朵的帽子，暖暖和和的；而后，他走向巡夜的保安兹维·普罗维佐尔，从他手里接过步枪。园丁兹维伤心地对书记说：

"你听说了吗，约阿夫？明尼苏达正在遭受四十年一遇的暴风雪。到目前为止，已有十八人死亡，十人失踪。"

约阿夫说：

"很遗憾得知此事。"

兹维补充说：

"孟加拉也正在发大水。库珀民茨拉比一两个小时之前突然死于耶路撒冷。收音机里刚刚发布消息。"

约阿夫伸手去拍兹维的肩膀，但是想起兹维不喜欢让人碰，就把手缩了回来，温情地说：

"要是你听到了一条好消息，请立刻来告诉我。即使是在半夜。"

约阿夫走了。他一边经过食堂前广场上由兹维·普罗维佐尔建造的喷泉，一边想：一个上了年纪的孤独的单身汉在基布兹比在其他地方更加艰难，因为基布兹没有对孤独提供补偿。实际上，基布兹的最初理念是否定孤独这一概念的。

他从兹维手中接过了步枪，围着基布兹场地绕了第一圈。经过一些老居民住过的房屋时，他不时地关掉不需要照明的电灯，关掉某人睡觉之前忘记关掉的洒水器。在理发棚附近，他捡起一条被人扔掉的空麻袋，小心翼翼地折叠起来，放在产品仓库的门口。

一些窗户里仍然亮着灯，但很快基布兹就会笼罩在睡眠之中，只有他和儿童之家的值夜保安会彻夜不眠。一阵冷风吹来，松针报以窃窃低语。牛棚里传来模糊的哞哞叫声。他在黑暗中穿过老居民住过的一排排建筑，每座小楼里有四套两居室的住宅，都配有胶合板家具、花盆、地垫和棉质窗帘。一点钟，他得去孵化室检查温度，三点半他得去叫醒牛奶工，以便在黎明前挤奶。夜晚很快就会过去。

约阿夫喜欢值夜班，以远离充满委员会讨论、成员抱怨与要求的日常事务。有时比他年纪大很多的人会来向他倾诉衷肠，有各种各样棘手的社会问题需要慎重解决，如预算问题，与外部组织的关系问题，以及基布兹在各种运动机构中的代表权问题。如今是在夜晚，他可以独自一人在披屋和鸡场之间来回走动,可以沿着被黄灯照亮的篱笆慢慢溜达,可以在五金店附近的一个倒放的板条箱上坐一小会儿,陷入夜晚的沉思之中。夜晚沉思围绕着他的夫人达娜展开,达娜正躺在黑暗中,昏昏欲睡地听着收音机,希望收音机能够使她安然入睡;他的思绪也转向他们的双胞胎,他们正睡在儿童之家的床上。再过一个小时,他就会经过那里给他们盖上被子。也许他也可以经过家里关上收音机,达娜睡着之前经常忘了关。达娜不喜欢住在基布兹,梦想着过私人生活。她已经求他好多次去过另一种生活了。可是约阿夫是个讲原则的人,他不断努力要改善基布兹生活,对离开基布兹之类的话充耳不闻。然而,他的内心深处清楚基布兹生活对女人来说根本不公平,几乎无一例外地迫使她们从事服务性工作,比如做饭、保洁、照顾孩子、洗衣服、缝纫和熨烫。这里的女人应该享受完全平等的权利,但是只有她们的做派像男人时才会平等地对待她们:禁止她们化妆,不能有任何女性特征。约阿夫多次思考过这种不公平,试图寻找解决途径,但无果而终,也许正因为此,在与达娜的关系中,他自己总是感到愧疚,感到抱歉。

黑夜寒冷而明澈。青蛙的呱呱叫声打破了沉寂,一只狗在远处的什么地方吠叫。约阿夫抬起头,看到一大片低云正聚到他的头顶。他自言自语,我们所认为的所有重要之事确实并不重要,他没有时间思考重要的事。他的整个人生正在流逝,他从来没有思索过简单而重大的事情:孤独、渴望、欲望与死亡。静谧是那样的深沉而广袤,偶尔会被胡狼的嗥叫打破,约阿夫对静谧与胡狼的嗥叫均充满感激。他不相信上帝,但是相信孤独与静谧的瞬间,就像现在,像今夜,约阿夫感到有人正在夜以继日地等他,宁静而耐心地等待,一动不动地默默等待,永远等待。

他扛着步枪,在冷藏室和肥料棚之间缓缓地走着,他突然在墙壁之间的阴影内看到一个身穿大衣的纤细身影,挡住了他的去路。只听见一个女子深沉、悦耳而有些嘶哑的声音,说:

"别怕,约阿夫。是我。妮娜。我一直等着你从这里经过。我知道你会从这里经过的。我要问你点事。"

约阿夫退缩了一下,在黑暗中定睛看去,接着他拉着妮娜的胳膊走到附近的一盏街灯下,焦急地询问她冷不冷,她在这里等了多久。妮娜是个年轻女子,在基布兹以持有坚定而不动摇的主张著称。她有一双绿色的眼睛,长长的睫毛和两片精致的薄嘴唇。她的额头在黑暗中闪着光,一头金发剪得短短的。

"约阿夫，要是你得每天和一个让你反感的人一起生活，每天夜里得和他一起睡觉，一辈子没完没了的话，你该怎么办？好多年来他都让你反感。他说的事情，他的气味，他的玩笑，他的抓挠，他的打嗝，他的咳嗽，他的呼噜，他的挖鼻孔，所有这一切。你会怎么办？"

约阿夫把手放在她的胳膊上说：

"确切地告诉我出什么事了，妮娜。"

借着街灯，他看到妮娜的脸色苍白而紧张，可是她的绿眼睛直视着他的眼睛，没有一滴泪水。她绷紧嘴唇说：

"什么事也没有。他甚至和收音机里的播音员争论。"

之后说：

"我再也受不了了。"

"我们等到明天好不好？明天到我办公室来，我们聊聊？有些事情夜里看上去很可怕，但在日光下则显得完全不同。"

"不行。我不回他那里了。今天晚上不回，再也不回。约阿夫，今天夜里给我一间房子吧。即使在牛棚里，在披屋里，都行。你肯定有一间空房子。"

"跟我说说出什么事了。"

"没什么可说的。我再也受不了了。"

"孩子呢？"

"孩子每天下午直接从儿童之家来找我。到你给我的房子里找我。"

约阿夫觉得，站在冷藏室与肥料棚狭窄过道间的昏暗街灯下和妮娜说话有些不妥。要是有人碰巧从这里经过，看见他们站在那里小声说话，明天就会谣言四起。他果断地说：

"妮娜，抱歉，但是半夜三更我确实没办法安排这样的事情。我口袋里没有房子，你知道。我在这里不管分房。委员会要商量。我现在正在值班当保安。请回家睡觉，我们明天见面，一起想办法解决。"

虽然嘴上这么说，他却让了步，用一种不同的声音说：

"好吧，跟我来。我们去办公室。那里挂着一把为讲座嘉宾准备的客房的钥匙。你可以在客房里过夜，明天再来，我们看看该怎么办。我明天也和阿夫纳谈谈。"

她靠在他身上，双手捧起他的一只手，紧紧地放在胸前。约阿夫颇为尴尬，甚至在黑暗中有些羞红了脸，因为妮娜是个有吸引力的女人，不止一次地在他的秘密幻想中占据了一席之地。十七岁那年他有一阵子爱上了她，可是从来没敢接近她。约阿夫在学校里是个腼腆内向的男孩，妮娜那时已经博得男孩子们的青睐了。即使现在，她的脸庞已经镌刻上了痛苦与疲倦，她的体型已经不像从前那么完美了，她也依然是个妩媚动人的女子。她嫁给阿夫纳·西罗塔,并给他生了两个儿子,我们都很震惊。阿夫纳粗暴又好争吵。他的脖子特短,以至于他那剃光头发的方脑袋好像沉重地架在肩膀上,他的两只胳膊跟拳击手的一样粗。他有点害怕妮娜,好像她知道什么令他难堪的秘密。即使这样,他有时也用他那粗俗可笑的方式,背着她追求高中女生。他对两个年幼的儿子表现出粗暴的爱,在夏日夜晚鼓励儿子和他一起在草坪上摔跤。他一直用他粗哑的声音来争论政治,轻视政府首脑,在他眼里,那些人就像旧世界的低能儿。要是他们让他和他的伞兵搭档放开手脚干上一个月,他总这么说,就一个月,给阿拉伯人应有的惩罚,我们这里从此就会拥有和平和安宁。他站在食堂前面的广场上或者一条小路上,边抽烟边和你争论,妮娜会在他身边等候,低着头,一声不吭地听着,直至腻烦起来,把手放在他的后背上,用低沉而果断的声音打断他:"阿夫纳,我想今天就到这儿吧。我们走吧。"

阿夫纳会立即终止他的演讲,跟在她身后。罗尼·辛德林称呼他们为"小吉卜赛人和她的跳舞熊"。

约阿夫问:

"阿夫纳不会找你吗?"

"我穿上衣服离开家时,他睡着了。"

"要是他醒了，发现你不在身边呢？"

"他不会醒的。永远不会醒的。"

"他早晨起床的时候呢？你给他留条了吗？"

"我跟他没什么可说的。他早晨起床时会认为我早早地去上班了，没叫醒他。我们话不多。"

"那以后呢？会发生什么？"

"我不知道。"

"会有很多议论。人们会议论。整个基布兹都会议论。"

"让他们议论好了。"

约阿夫突然渴望把她纤细的躯体贴在自己身上，或者是解开大衣扣子拥她入怀，或者至少抚摸她的脸颊。这冲动如此强烈，他不由自主地伸出手去，轻轻掠过她头发周围颤抖的空气。他冷，他猜想妮娜可能更冷，因为她头上没戴东西，还穿着单鞋。

"我们走吧，"他说，"我们给你找个地方过夜。"

她走在他的身边，娇小，短发，步伐比他慢半拍，因为他阔步前行。他比她高好多，他的影子遮住了她的影子。他们走过了洗衣房和鞋店。冰冷的空气中飘动着湿土和鸡粪的气味。低矮的黑云缓慢地飘向房顶，天上已经看不到一颗星星。约阿夫在脑海里把明天以及接下来的几天里要处理的问题过了一遍：茜斯卡要求基布兹批准她去探望欧洲的家人；兹维·普罗维佐尔需要一台新割草机；斯拉娃奶奶咬伤了食堂的一个工人；罗尼·辛德林某夜闯进儿童之家殴打一个五岁的孩子；大卫·达甘和埃德娜·阿塞洛夫断绝了关系；牙医诊所急需购买新设备；现在他也得和阿夫纳谈话，看看事情是否可以补救，究竟是一夜危机还是另一个破碎的家庭。

妮娜比他年轻三四岁，当妮娜还是个小姑娘时，她的独立精神与温和的执拗就给约阿夫留下了深刻的印象。她来我们这里时是个孤儿，她爷爷送她来这里的学校念书。从第一天起她就坚持自己的观点，其他的人学会了尊重她静静的执着。在基布兹会议上，她经常是唯一的一个，或者几乎是唯一的一个反对全体意见的人。服完兵役后，她自愿到边远小镇做青少年罪犯群体的工作。回来之后，她就一直独自在养蜂场上班，把养蜂场变成基布兹成功的产业，其他基布兹的养蜂人来向她取经。轮到她去深造时，她坚持要学习社会工作，即使基布兹集体表决要送她去大学学习学前教育。妮娜率领基布兹的一群妇女反对让小孩子集体就寝，要求让他们在父母家中过夜。基布兹没有同意她们的要求，妮娜决定接下来每一年都提出这个问题进行讨论，直到多数人接受这个建议。

一个由战斗的拓荒者青年组成的伞兵小队加入了基布兹，两三个月后，妮娜从普通士兵中相中了在赫尔伯特加瓦德报复性袭击中的作战英雄阿夫纳·西罗塔，两个月后她怀孕了。基布兹为她的选择感到震惊，甚至失望。然而，我们对她评价很高，因为她知道怎样默默地、悉心地倾听，因为她以安静的方式帮助需要帮助的人。当布阿兹突然离开奥丝娜特，搬去和阿丽埃拉·巴拉什同居时，妮娜去陪奥丝娜特住了几天。当姑娘们无论如何都不愿意和斯拉娃奶奶在基布兹食堂后门择菜时，妮娜主动承担了这份工作。尽管约阿夫还没有和人说起，但他想等自己任期满后在全体大会上提议选妮娜当书记。也许今夜只是一个临时危机，明天早晨她就不这么想了。毕竟，她是一位负责任的理性女子。你不能只因为丈夫夜里打呼噜，或者和收音机播音员争论就拆散一个家庭。

穿过被几盏街灯照亮的食堂广场，绕过喷泉，当他们经过正在沉睡的幼儿园时，儿童之家的值夜保安琪泊拉突然拦住他们。她是个瘦骨嶙峋的干瘪女子，五十五岁上下，坚信年轻一代正把基布兹给毁掉。琪泊拉惊奇地看到达娜·卡尔尼的丈夫和阿夫纳·西罗塔的妻子半夜三更一起穿过草坪。她掩饰住自己的惊愕，说："我不想打搅你们。"她问他们是否愿意到儿童餐厅吃午夜茶点。妮娜说："谢谢，不啦。"约阿夫很尴尬，表示抱歉，开始嘟嘟囔囔解释说妮娜只是想即刻和他澄清一些紧急事件。他知道这些话于事无补。明天一早，他二人的名字会从琪泊拉的嘴里传到罗尼·辛德林和他在食堂角落餐桌旁的流言团伙的嘴里：猜猜我们的值夜保安夜里在保护谁呢？

"我们急着去办公室取些急需的东西。"约阿夫对琪泊拉解释说。走到她听不见声音的地方，约阿夫对妮娜说：

"他们明天会议论我们的，整个基布兹都会议论。"

"我不在意，但是我对不住你。"

"阿夫纳呢？"

"让他嫉妒去吧。我不管。"

"我陪你去客房。你睡上几个小时，明天我们坐下来，头脑清醒时再商量一切。"

"我的头脑从来没有像现在这么清醒。"

他们来到办公室，约阿夫开了灯，发现客房的钥匙没有挂在黑板上。现在他想起来了，下午他把钥匙给了空军军官，他来与新兵谈话，在基布兹过夜。

约阿夫看着妮娜，妮娜那双锐利的绿眼睛也看着他，好像在说：我很吃惊。他们站在办公室里，离得很近，办公室有两张书桌，几把普通的椅子，一条长椅，一个装满文件的铁柜，窗户无遮无拦，墙上挂着一幅从空中拍摄的基布兹及其周边农田的照片，非常详尽。约阿夫注意到妮娜的上嘴唇上方有条纤细的皱纹，他想那是新近才有的。疲倦的眼睛四周也有了细小的鱼尾纹。他看着她轮廓精致的下巴和剪得短短的头发。他把目光从妮娜的视线中移开。他想她看上去强大、坚定果敢，根本不需要支持。他突然为她没有垮掉，没有颓废而感到遗憾。他几乎无法控制自己的冲动，要伸手把她拉到自己身边，把她的头贴在自己的胸前。他抵御着冲击着他的情感波澜与渴望，因为他知道那不是慈父般的温情，实际上根本就不是温情。

"你可以在这里过夜，在长椅上，"他说，"不是特别舒服，但是我眼下找不到别的地方给你。你要我给你倒杯茶吗？我们这里有水壶和杯子，甚至还有一些饼干。我去给你找条毯子和枕头。"

"谢谢你。不需要毯子和枕头。我不睡觉。我不累。就让我在这里坐到早晨吧。"

约阿夫打开电热器和电水壶后离开了，十分钟后他回来了，拿着一只枕头和两条毛毯。他发现妮娜给她自己倒了一杯茶，并没有问他是不是也要喝。他在办公室门口站了一会儿，踟蹰不定，瘦削的面庞阵阵发红，因为他想留下，但是知道他必须得走，知道在离开之前应该对她说些什么，但不知说什么。妮娜用指尖碰碰他的肩膀说：

"谢谢。"

而后又说：

"别担心。六点之前，有人到来之前，我会离开这里，像平时一样去养蜂场干活。我保证会安排好。"

她似乎看出他在想什么，补充说：

"没人知道我在这里过夜。"

约阿夫犹豫了一下，耸耸肩膀说：

"好吧。那就这样吧。"

又加了一句：

"晚安。"

又说：

"不管怎样，你应该睡一小会儿。"

他轻轻地关上房门，走了出去，拉了拉大衣衣领，阔步穿过军人居住区，走上通往养鸡场的脏兮兮的泥泞小路，去测量孵化室的温度，已经是凌晨一点了。他在路边看到湿漉漉的灌木这儿一簇那儿一簇，还有损坏了的板条箱。他很遗憾没带手电。风越来越急，冰冷刺骨。约阿夫想起冬夜黑幽幽的果园，瞬间涌起一股强烈的冲动，想要离开这一切，丢弃他的守夜职责，走到果园，在黑暗中徘徊在如今已然光秃秃的果树中间。有人在什么地方等待他，他这样感觉，有人耐心等待了他多年，知道不管耽搁了多久，约阿夫终将会到来。终会有个夜晚，他将起身离去。但是去往何方？他不得而知，实际上他有点害怕知道答案。

从养鸡场回来后，他绕着围栏走，检查基布兹的大门。他的衣领竖起，毛线帽子拉到耳朵下面，挂在带子上的步枪扛在肩上。他来到儿童之家，走了进去，给两个孩子盖了盖被子，亲亲他们的前额，接着一张床接一张床，也给其他孩子盖好被子。之后他朝自己家里走去，在门口脱下鞋子，踮着脚尖走进去，关掉床边的小收音机，妻子开着收音机是为了安静地入睡。达娜平躺在床上，一头乌黑的卷发柔软地散落在枕头上。他轻轻地为她拉好被子，像是在表示歉意，用指尖抚摸一个发卷，接着蹑手蹑脚地走了出去。

他顺着围栏溜达了约莫半个钟头，注意到两个街灯的灯泡烧坏了，记着明天告诉电工纳胡姆·阿塞洛夫。大约两点钟，即将盈满的月亮钻出云层，可是雨还是淅淅沥沥地下了起来。约阿夫来到儿童之家的餐厅与值夜保安琪泊拉一起喝咖啡。他小心翼翼地把步枪放在地上，没脱大衣，也没摘帽子，而是穿戴整齐地坐在那里。琪泊拉倒了一杯黑咖啡，在

两片面包上涂了人造奶油和果酱,伤心地说:

"不会有好结果的,约阿夫,你和妮娜·西罗塔这种事。听我的话。"

"我和妮娜·西罗塔之间什么事也没有。她只是遇到了紧急情况,我帮她解决。在我们这里,书记半夜也是书记。"

"不会有好结果的,"琪泊拉坚持说,"一个结了婚的男人突然在半夜三更和另一个男人的妻子一起散步。"

"琪泊拉,听我说一句话。要是只有你自己知道此事,明天请不要和别人议论我和妮娜,你就帮忙解决了一个棘手的家庭问题。你是个有责任感的人,你一定要谨慎,因为这是个人的家庭纠纷。"

"谁的家庭纠纷?你的还是她的?还是你们两个人的?"

"琪泊拉,求你了,放手吧。"

但是离开儿童餐厅时,他知道他的话于事无补,明天白天他和妮娜就会成为基布兹的话题。他得向达娜解释夜里发生了什么事,很久以前她就知道约阿夫曾经有点喜欢妮娜。事情会变得复杂,难办。

天空呈现墨紫色,云层在狂风的挤压下显得沉重而幽暗。整个基布兹在沉睡。围栏上的灯涂了一层苍白的昏黄水泡。其中一盏灯似乎就要熄灭了,一眨一眨的,像在犹豫。约阿夫步履平静。他快速走过灌木丛的影子，绕过干草库，鞋上沾了污泥。你瞎了眼，他绝望地喃喃自语，你又瞎又聋。他想起当他保证给她找间房子过夜时，妮娜偎依在他身上，用她的手抓过自己的手贴在她的胸前。你应该理解她的用意，把她拥进怀中。她给你发出了信号，你却不理不睬。在办公室她用指尖碰你的肩膀，给了你第二次暗示，你不理不睬。

他的双腿不知不觉穿过广场，来到娱乐厅前，经过儿童之家，去往公共汽车站附近的基布兹办公室。他穿过基布兹食堂前面的草坪。就像在做梦一样，他停下来，站在办公室的窗前。她是不是没关灯就睡着了？还是她还醒着？他蹑手蹑脚地走近窗子，往里偷看。妮娜身上盖着他给她拿来的毛毯，躺在长椅上，长有一头金发的脑袋靠在枕头上，双目圆睁，盯着屋顶。要是他轻轻地敲窗，她会受惊，他不想吓着她。因此他轻轻地退后，站在那里，站在黑暗的柏树林中，步枪挂在肩膀上。他追问自己，但是没有答案。

他可以敲敲门，进去说一句我看见灯还亮着，就进来看看你是否需要什么。或者：我进来看看你冷不冷。或者：我进来看看你是不是想聊聊。她一直躺在那里，躺在墙的另一侧，睁大双眼。他想，也许她现在就在等你，现在已是凌晨两点，整个基布兹都入睡了。

他回到亮着灯的窗前,帽子拉到了耳朵下面,脑袋前倾,灯光照在眼镜上,眼镜在黑暗中闪着微光,他的心飞向她,可是双腿仍坚定地留在原地。这些年等待的就是这一刻吗?为什么他没有爆发勇气与激情,而是满怀朦胧的伤感?他悄无声息地绕着办公楼行走,在门口站了一会儿,凝神谛听,只听得阵阵狂风吹打松针。后来他坐在门口的台阶上,把帽子又往耳朵下面拉了一下,一动不动地等待。他就那样坐了半个多小时,感到有些事似乎已经明朗,但究竟是什么,他却不知道。一只胡狼在遥远的黑暗中哀嚎;其他的胡狼从果园方向绝望地回应。他扛起步枪,手指触到了扳机,只是带着最后残存的一丝理性,他遏制住了冲动,没有向天空发出一连串的扫射,打破宁静。

三点半,他站起身去叫醒挤奶工,让他们在黎明前挤奶。接着他又顺着围栏最后检查了一遍,穿过广场,回到食堂,为上早班的人打开电动茶饮。日出要在六点钟以后,他的警卫任务五点钟结束。他仍然得在住屋之间走动,根据手中名单上所列的姓名,把人叫醒。等日出没有意义,因为那要在朵朵浓云退去之后。现在他得回家了,洗澡,躺下,闭上眼睛睡觉。也许明天他终究会清楚是什么事。

戴尔阿吉隆

那天天气闷热,令人透不过气。低矮、灰暗、污浊的天空在头顶隆起,好像沙漠上升,在我们的小房屋顶上倒着铺开。空中弥漫着纤尘和汗水,额头、胳膊上蒙上了一层黏糊糊的泛白的灰浆。海尼娅·卡里什,一个六十岁左右的寡妇在午餐休息时进了卫生间。她脱下工作服,在冷水下冲了一会儿。她的嘴唇总是绷得紧紧的,两道苦涩的皱纹从嘴角延伸至下巴。她瘦骨嶙峋,身体扁平,像个男生,双腿上一道道血管纵横交错,有蓝色的,也有粉色的。冷水冲刷掉了灰尘,使她的皮肤恢复了活力,但是没有平息她心神不宁的感觉。她洗过澡后,使劲儿地用毛巾擦拭身体,重新穿上那件灰色的工作衫和海军蓝的工作裤,接着坚定不移地回到基布兹食堂上班。她打算那天晚上与约阿夫·卡尔尼书记、大卫·达甘老师、罗尼和利亚·辛德林,以及其他几位在基布兹有影响的人物谈话,争取在周六晚上全体大会上的表决中获得支持。

在厨房的后廊,她们两两相对,大汗淋漓,坐在凳子上择蔬菜,并把蔬菜切成片放进一口大锅里,布鲁尼亚对她说:

"在会上提这个没有意义。他们会凶你。"

海尼娅说:

"可实际上对大家有好处。基布兹能够缩短上大学的后补名单。"

布鲁尼亚咯咯一笑:

"你的约塔姆没有特权。谁都没有。除了少数被选之人。"

海尼娅一边把一堆菜叶推到一旁,把新的一箱蔬菜放在她们中间,一边试图试探布鲁尼亚:

"至少你会,布鲁尼亚,周六晚上开会时至少你会给约塔姆投赞成票,是不是?你会支持我们的,对吧?"

"真的吗?我怎么就该投支持他的票?六年前我的杰里格请求到果园劳动时,你支持他了吗?你们都投了反对票。你们既是正义者,又是伪君子。接着你们在他的葬礼上说得多好听。"

海尼娅说:

"锅已经满了。我们需要往另一个锅里装了。"

接着又说：

"别担心，布鲁尼亚，我也会长期记着的。长久地记着。"

两个寡妇继续择菜，切菜，一言不发，刀光闪闪。

下班后，海尼娅回到住处，又洗了个冷水澡，用洗发水洗了洗她的灰发，这一次穿的是下班后穿的衣服，米黄色的短袖上衣、直筒棉裙和一双轻便的凉鞋。她喝过咖啡，把两只梨切成一模一样的薄片，慢慢地吃着，把杯盘洗净，擦干，放进壁橱里。窗子和百叶窗关闭着，为的是挡住炙人的热气，窗帘也严严实实地拉了下来。房间里黑乎乎的，但很凉爽，冲洗过的地板砖上飘来一股宜人的清爽气味。她没有开收音机，因为新闻播音员傲慢的声音让她生气：他们说话时总是一副无所不知的样子，实际上人不会无所不知。人与人之间已经没有爱。最初创建基布兹时，我们都是一家人。确实，即使那时一家人之间也有裂痕，但是我们非常亲密。每天晚上，我们聚在一起，高唱激动人心的歌曲和富有怀旧色彩的民歌，直至深夜。之后，我们去睡帐篷，要是有人睡觉时说梦话，我们都能听见。现如今，大家住在各自的房子里，相互之间吵来吵去。在今天的基布兹，要是你站稳了脚跟，大家都盼着你栽跟头，要是你栽跟头了……他们会抢着把你扶起来。布鲁尼亚是个魔鬼,整个基布兹都叫她魔鬼,是对的。

海尼娅在脑海里构思了一封给弟弟阿瑟的信。弟弟在意大利住了好几年了,在那边做生意,成了富人。她不了解他做的是哪种生意,可是话里话外,她知道那生意与造武器的机器备用零件有关:"独立战争"[1] 爆发之前的1947年,哈加纳[2]征得基布兹同意,把阿瑟派往意大利给地下武装购买武器,并购买为正在诞生的国家制造轻型武器的机器。战争之后,他留在了意大利,既不顾基布兹成员大光其火,也不管全体大会的谴责。他定居在米兰郊外,在那里开始为他见不得人的生意编织一张关系网。1951年,他给海尼娅寄来一张与新夫人的合影,新夫人比他年轻十五岁,是个意大利姑娘,照片上的她显得很温柔,也有几分神秘,因为浓密的乌发挡住了她的双眼,一只手还遮住了半边脸。他给海尼娅寄过几次小礼物。

两个星期前,阿瑟给他写信,说想让约塔姆到米兰理工学院学习机械工程。约塔姆可以同他以及露西亚住在一起,

---

[1] 以色列的"独立战争"于1948年5月爆发。

[2] 犹太复国主义的军事组织(1920—1948),1920年由在巴勒斯坦的早期犹太移民建立。目的在于保卫犹太人的居民区,防御巴勒斯坦阿拉伯人的袭击。

他们家房子很大，阿瑟会支付他大学四年的学费和所有的生活开销。阿瑟写道，告诉基布兹我给他们省了很多钱，不然的话，轮到约塔姆上大学时，他们得为约塔姆支付学费和生活费。他们可以用我给他们省下的钱送别人去深造。海尼娅，我也会邀请你每年到这里来一两次，看望我们。

约塔姆六岁时，舅舅阿瑟有一次骑着一辆哈加纳的摩托车来看他们，载着他在基布兹兜了一圈。其他的孩子看见他坐在摩托车上，紧紧靠着舅舅强健的身躯，是多么的震惊和羡慕。舅舅身上散发着好闻的冲鼻的烟草味儿，他把约塔姆举到空中，对他说："长哇，长大，当个战士。"

约塔姆是个个头矮小的小伙子，皮肤晒成了棕褐色，肌肉发达，粗壮结实，圆脑袋上的头发剪得几乎短至发根。他的两只大手非常有力。他算不上英俊，你跟他说话时，他脸上流露出淡淡的惊奇，就像听到的那些话令他吃惊或害怕。他门牙掉了一颗，加上摔跤运动员般的身材，整个人看上去很好斗。但与外表相反，约塔姆是个腼腆的小伙子，话不多，尽管他不时会突然冒出个奇怪而富有决断性的句子。在基布兹，我们管他叫哲学家，因为不吭声的他居然有一次声称人具有反复无常的动物本性。还有一次，在基布兹食堂吃晚饭时，他说人、动物、植物和无生命物体之间的相似多于差异。

罗尼·辛德林在约塔姆背后回应说，约塔姆·卡里什本人真的与盒子或包装箱有点相似。

在收到舅舅阿瑟来信的半年前，约塔姆就退了伍，来到果园劳动。他并不是出色的工人，有些发闷。但是他力气很大，在需要时愿意加班，给一起干活的人留下了深刻的印象。阿瑟舅舅从意大利来信后，约塔姆拖了两三天，而后好像承认有罪似的，低声对妈妈说："行，可是必须征得基布兹同意。"

海尼娅说：

"要在会上得到多数人同意很难。会有许多嫉妒和怨愤。"

罗尼·辛德林在食堂对他平时的桌友说：

"真遗憾现在是舅舅短缺。要是我们每个人都在意大利有个富舅舅，就不会不好办了。我们把所有的年轻人都送去上大学，让他出钱不就得了。"

老师大卫·达甘对海尼娅说，他会反对约塔姆的请求，原因有三：第一，按照规定，青年人，无论男女，服完兵役后要在基布兹劳动至少三年，基布兹才会考虑其上大学的可能性，否则就没有人留在这里挤牛奶了。第二，从富亲戚那里得到的这种馈赠严重打击了平等。第三，去上大学的年轻人应该学些对社会、对我们基布兹的事业有益的东西。学机械工程对我们有什么用？我们车场有两名技工，没有持有文凭的教授，他们照样干得好好的。

海尼娅试图软化大卫·达甘的努力算是白费了，于是提出年轻人有自我实现的权利。大卫·达甘咯咯一笑说：

"自我实现，自我实现，不过是自我放纵罢了。就给我一分钟，我们可以把事情理顺：要么我们每个人，无一例外，每星期工作六天，每天工作八小时；要么基布兹根本无法存在。"

那天晚上，海尼娅去找约阿夫·卡尔尼书记，在他家里告诉他她得摊牌了：要是周六的基布兹会议不让约塔姆接受阿瑟舅舅的邀请去意大利上大学的话，即便得不到他们的批准，他也有机会去。"你真想失去他吗？你们一点也不在乎吗？"下这个最后通牒完全是海尼娅的一面之词，因为约塔姆所言恰恰相反，他说只有基布兹同意，才会接受舅舅阿瑟的邀请。

约阿夫·卡尔尼问：

"为什么是你来找我，海尼娅？为什么不是约塔姆自己来跟我谈？"

"你了解约塔姆。他把事情憋在心里。内向。他有障碍。"

"要是他敢到意大利上大学，不通语言，没有朋友，他就应该有勇气亲自到这里来,而不是派他妈妈来。"

"我告诉他来找你。"

"来吧。可是恐怕他在我这里听不到他想听的。我反对在基布兹生活中搞私人倡议和私人基金。约塔姆得排队,等排到他了,高等教育委员会和他本人将商量他去哪里上大学,怎么去上,学什么。等时机到了,要是他舅舅想帮助出费用,我们会讨论并且投票。这是我们的方式。这是规定。但是告诉他来找我,我保证听他陈述,然后给他时间耐心地讲述这些。约塔姆是个敏感、聪慧的年轻人,我相信他会理解我们的立场,自愿收回他的请求。"

基布兹的地面热得烫人,干枯的植物散发出淡淡的、沉闷的气味。炽热而弥漫着烟尘的空气凝滞不动。无花果和松树,香桃木丛,九重葛和女贞灌木,草坪和玫瑰花圃在黑暗中的厚重灼热的气团里喘着粗气。一阵干风夹杂着焚烧荆棘的焦煳气味,从山顶上毁弃的阿拉伯村庄戴尔阿吉隆的废墟飘散下来。也许远方的火仍然在燃烧。夜晚九点钟,海尼娅没有敲门便走进了约塔姆的房间,房间坐落在服完兵役的士兵居住区的小屋当中。海尼娅告诉约塔姆周六晚上的会议可能会否决他们的申请。他们很可能决定告诉阿瑟舅舅,要是他愿意支持耶克哈特基布兹青年人的教育,就请他捐建基布兹高等教育基金。

"他们都很狂热,所有的人,"海尼娅说,"他们嫉妒。愤愤不平。"

约塔姆说:

"好吧。"

接着补充说:

"谢谢。"

一阵沉默过后,他说:

"你不应该和他们讲,妈妈。你这么做太糟糕了。不管怎么说,机械工程并不真的适合我。"

黑夜仍旧憋闷,飞尘弥漫。厚重凝滞的沙漠空气挤压着一切。飞蚊在周围嗡嗡直叫,两三只飞蛾撞到了悬挂在屋顶的灯泡上。马口铁屋顶把日间的热气散发到房间里,从敞开的窗子流进的也没有一丝凉气。约塔姆的房间放有一张铁床架,一张漆成绿色的木桌,用帘子遮起来的用作衣柜的板条箱,一个草编地垫,两三个柳条凳。房间角落里放着一台电扇,无效地搅动着空气。从窗口望去,可看见隐藏在戴尔阿吉隆废墟下的小山。二人都大汗淋漓。约塔姆脑袋上的头发楂,他肌肉发达的肩膀,他蓝色背心内的黝黑宽阔的后背,以及掉了门牙的牙齿,使他显示出一种不曾拥有的蜷缩起来的暴力。他那几乎不自然的大手沉重地放在赤裸的膝盖上。他坐在没有整理的床上,他妈妈坐在其中一个凳子上。约塔姆让海尼娅去喝窗下罐子里的凉水,海尼娅摆手拒绝,好像在拍蚊子。

"去和约阿夫说。我想不会有什么好结果;我已经和他说过了,可是你不管怎样也要试试。"

"我不去,妈妈。没有意义。他们不会放我的。"

沉默片刻之后他又说:

"我要去意大利旅行。或者不专门去意大利。就是旅行。因为机械工程不适合我。"

"可是你想上大学,对吗?阿瑟主动提出支付费用。"

"我其实只是想离开这里几个月。或者一年。或者两年。而后再看。"

"你想离开基布兹吗?"

"我不知道。我没说离开。我说的是旅行。我们再看。我只知道我需要离开,至少离开一阵子。"

"你还记得阿瑟舅舅吗?"

"不。几乎记不清了。我记得他一直喜欢讲故事。我记得烟斗。他有一次给我买过一双冰鞋做礼物,教育委员会认为鞋子属于班里所有的孩子。我也知道,他拒绝回到这里,决定留在意大利，整个基布兹还在对此耿耿于怀。"

海尼娅说：

"你哥哥吉戴恩服完兵役，在饲料厂安安静静地劳动了三年，结婚，生子，等轮到他去读书时，基布兹送他到鲁宾学院攻读农业。可是你不愿等。你可以现在走，你现在就走吧。你管全体大会上的决定干什么？你回来时是个工程师，他们会难过死。也许你不会回来。"

"我不能在这里待了，妈妈。阿瑟邀请我，我愿意去。条件是基布兹得同意。不学机械工程。"

海尼娅说：

"他们不会同意的。气氛中充满了恶意。"

谷仓那边飘来的腐烂、发酵的橘子皮和牛粪的臭味儿，弥漫在整个房间。一只毒蚊子在海尼娅的耳旁刺耳地哼着。她使劲儿拍了自己一下，想把蚊子打死，但没打着。最后她说：

"你不知道自己要什么。明天去办公室和约阿夫·卡尔尼说。约阿夫是个有同情心的人。也许你们可以一起找到某种妥协。"

约塔姆不想和书记讲。实际上，他不想和任何人讲。也不想和妈妈讲。他只想出去走走。有那么几次，他在傍晚时分徘徊在戴尔阿吉隆的废墟中间，约莫一个小时。他走进毁坏的清真寺和炸毁了的酋长的家，可是什么也没有找到，因为他不知道找什么。他佝偻着肩膀，走回基布兹。现在他有种模糊的渴望，想再去戴尔阿吉隆查看废墟，在大堆大堆的岩石中间或者在黑漆漆的封死的水井中好像掩埋着什么，某种简单的答案。可是他不知道问题是什么。

在基布兹，有人认为约塔姆·卡里什不可救药地爱上了妮娜·西罗塔，妮娜比他大五六岁，几个月前与丈夫分手了。她离开原来的家，搬进了分房委员会分给她的位于住宅三区角落里的住房。约塔姆有天在果园里干完活后，一声不吭，拿干草叉给她的花园翻土。人们不止一次看到他在食堂门口逗留，等她出来，跟在她的身后，直至失去勇气，拐上另外一条小路，走开了。他几乎从来不敢和她说话，但有时会晚上去木工房，给她的孩子制作小木头玩具。玩具在他的两只大手里就像个微缩模型。食堂入口的布告栏发布通知，让大家登记周六加班情况，我们注意到等妮娜登记后，约塔姆会和她选择同一个周六加班。但是他们真的一起工作时，他几乎从不和她说话。只有一次他鼓足勇气在葡萄架下问她：

"你热吗，妮娜？"

她微笑着回答：

"不热,一切都好,谢谢你。"

她看见他总是很高兴,在路上碰到,她总会问他怎么样,他妈妈怎么样,果园情况怎么样。实际上,她并不是看见约塔姆一个人才高兴。她对基布兹所有的人都很诚恳,即使是对孩子也很诚恳。她总是洋溢着一种愉快的热情,面带微笑。她和你说的都是最普通的话,比如晚上好,你好,怎么样。

罗尼·辛德林说:

"又是这一套。又是一颗破碎的心。毛毛虫爱上了蝴蝶。"

我们都很欣赏妮娜满怀自信,欣赏她愿意站出来反对人云亦云。在全体会议上,她引进了富有颠覆性的因素,永远不安定的因素。基布兹书记约阿夫·卡尔尼似乎在一两件事上支持她,令那些保守派人士大为恼怒。她一个人在养蜂场劳动,把它办成给耶克哈特基布兹带来利润的部门。在基布兹会议上,她经常据理力争,称男人应该在食堂、洗衣房和儿童之家更多地参与服务性工作,这样妇女便可以自由地出去到田间劳动。她离开丈夫阿夫纳·西罗塔后,有些人说:"那个姑娘只知道分手。"

另一些人说:

"那个姑娘决定带头反对耶克哈特基布兹。"

还有人说:

"她以为她是谁呢?"

自从妮娜·西罗塔在约阿夫·卡尔尼书记值班的夜晚找他后,众人便喜欢小心翼翼地谈论并重视二人的关系。有时他就基布兹议事日程来征求她的建议。他并不完全同意她的观点,但是他总是发现她富有创意,头脑清楚,值得信赖。早在周四晚上,他发现她坐在花园的椅子上,看她的孩子们在采沙场里玩耍。他坐在她左边,二人就炎热的天气和游泳池谈了一会儿。接着,好像知道他在想什么,妮娜说周六晚的会议上,就约塔姆去意大利的问题达成某种妥协,也许是个好主意。毕竟,等轮到他时,基布兹无论如何也会派他去上大学。如今他舅舅邀请了他,也许可以让他提前去,但是他必须学基布兹和他一起决定要学的专业,而不是他舅舅为他选择的不相干的专业。

约阿夫说:

"比如说?"

妮娜回答:

"比如说,兽医学。我们这里有奶牛、羊和小鸡,更不用说我们的宠物了。兽医每周从城里至少来一次。约塔姆可以到意大利学习兽医学。等拿到了学位,他可以回到耶克哈特,做我们的兽医,也为附近其他村子工作。怎么样?"

接着又说：

"我看他非常适合当兽医。"

约阿夫想了一下，耸耸肩膀说，这个想法也许可行，但并不容易，约塔姆只能同意晚去两年，等轮到他上大学的时候再去。

妮娜说：

"一年呢？"

约阿夫摇摇头，张开嘴，闭上眼睛，犹豫了一下，最后说：

"我们可以试试。我和他谈谈。问题是他妈妈正在向整个基布兹施加压力，弄得大家很生气，搞得舆论都反对他。另一个问题是，所有老住户仍然对阿瑟耿耿于怀，因为他们觉得派他去意大利，他却抛弃了基布兹。约塔姆有点喜欢你，对吧？也许你应该和他谈谈。"

"我也喜欢他，但我不确定我想和他聊这个。我想那会让他非常难堪。最好你和他说。你注意到了吗，他没有朋友？"

约阿夫说：

"在基布兹难说。我们都该是朋友，但很少有真正的朋友。就拿我来说，我只有两三个私人朋友，愿意相处的人，即使我们不说话。我想你也不会多。"他有种强烈的冲动想告诉她，他和妮娜之间的关系近乎他心目中的友谊，但是他犹豫了一下，决定不说。

"再过一二十年，"妮娜说，"基布兹会变成一个比较轻松的地方。现在所有的弹簧都绷得紧紧的，整个机器都在紧张运转。老住户实际上都信教，抛弃了旧宗教，再去寻找一种新宗教，它也充满了罪恶与过失、清规戒律与严苛的规章制度。他们没有停止做真正的信仰者，他们只是把一种信仰制度变成另一种。马克思就是他们的《塔木德》。他们的全体会议就是犹太会堂，大卫·达甘就是他们的拉比。这里有些人，我可以轻而易举地用胡子和鬓发勾勒出他们的样子。但是时代在逐渐变化，别人，更为轻松的人会来，约阿夫，像你一样，他们会是充满耐心、疑虑和怜悯的人。"

"可是你完全看错我了，妮娜。我也有尽量不去背离的原则。我也认为没有框架、没有规定、没有基本的原则，基布兹就无法生存。兽医学，也许，对，是个主意。比机械工程更适合约塔姆。对。也许。但不是现在。再过两年，等轮到他去上大学的时候。这个我在周六晚上的会议上可以推进。不是机械工程，不是现在，而是过两年去学兽医学。"

"一年呢？"

"会很难。会上会有很大争议。大卫·达甘会大胆说出自己的想法。老住户基本上会反对从舅舅——他们蔑视阿瑟——那里拿钱,年轻人也许在投票时意见不一。会很难,很复杂,妮娜。"

周六,原定基布兹举行全体会议讨论表决约塔姆是否可以去意大利上大学的那天,大卫·达甘去了约塔姆·卡里什的房间。约塔姆睡得很晚,还没有起床,只穿着内裤和背心,他的两只大手拉过被单盖住下半截身体,挡住早晨的勃起。大卫身穿皱巴巴的哔叽长裤、浅蓝色的短袖衬衫,胸前的衣兜里露出三支笔。他身板端正强壮,像个军人。圆鼓鼓的大脑袋上的头发乱蓬蓬的,显得精力十足,但没有梳理。几年前大卫是约塔姆的老师,他随意地和他打了个招呼,便坐在皱巴巴的床上。约塔姆犹豫了一下,笨拙地在被单下面移动一下身子,拉上他从地上捡起来的工作裤,接着探出身子,打开电风扇。大卫仔细看着他,直至他做完一切坐到床上,而后示意他坐到一个柳条凳子上。约塔姆顺从地挪到凳子上。

"我担心海尼娅,"大卫开门见山地说,"她做这一切不容易。你把你妈妈置于一种复杂的境地,和我们大家一样。"

约塔姆陷入沉默,盯着窗子。

"我确实听说你在果园里干得很棒。"

约塔姆一言不发。

"你想做机械工程师吗?"

"不是真想,可是……"

"你在这里觉得憋闷,大世界是那么诱人,"大卫在句末使用的不是问号,"我说我也觉得大世界诱人,你会很吃惊吧。我想看罗马、佛罗伦萨、威尼斯、那不勒斯。"

约塔姆耸耸肩膀。大卫把手放在他的膝盖上,平静地说:

"可是每一位见证了大屠杀,尤其是见证了如今以色列刚刚建国的犹太人,都要响应召唤。这是整个犹太民族历史上最具危机感的岁月。"

约塔姆说:

"是这样,我无法再响应召唤了。我没有空气。"

大卫带着好奇与慈爱的神情看着约塔姆,沉默之后说:

"那好。去吧。"

又补充说:

"给我一分钟,把事情理顺。在今晚的会上,我会建议基布兹考虑你的个人危机,给你放两三周的假。去意大利。看你舅舅。呼吸一些新鲜空气。恢复精力后回到我们这里,回到你果园的工作中。"

约塔姆试图说些什么,但是大卫·达甘把父亲般的手放到他的肩膀上,打断了他:

"请考虑一下。考虑到今晚。"

离开时他说：

"不要迫使基布兹今晚冲你关上大门，约塔姆，尤其不要当着海尼娅的面。冷静地想想我的建议。请今晚之前决定。"

下午两点钟，沉闷的酷热粉碎了所有生命，低矮的天空呈现出受污染的昏黄。约塔姆离开自己的房间，沿着铺就的小路穿过住宅三区，经过牛棚和养鸡场。外面空无一人，因为他们周六下午都在休息。除了一只饥渴的小狗，几乎看不到一个活物。约塔姆停下来，给小狗打开花园里的水龙头。小狗舔着流水，发出声响，脑袋和嘴巴被水浸湿了。而后它摇摇脑袋，把水溅得到处都是，喘着粗气，迅速地抖动着尾巴，前腿着地跪下，好像拜倒在约塔姆面前。他心烦意乱地拍打着小狗，继续穿过热得让人窒息的草坪，穿过因无风抚弄而显得没有生气的树木。

经过妮娜·西罗塔的住房时，他加快了脚步，希望那时她不会突然现身，同时又希望门开着，她会出来和他谈论意大利，也许她会理解他，即使他并不真的知道要和她说什么。整个基布兹都在谈论他要求被派往意大利，那天夜里他会站在大家面前，书记会给他发言权，三百双眼睛会盯着他，他还是不知道能说什么。要是妮娜此时从房子里出来呢？他能说什么呢？

牛棚与牛棚之间是一堆堆烂泥，地上散落着旧轮胎和小块的废金属，还有几只废弃了的锈迹斑斑的牛奶桶。发黄的报纸陷落到生长在牲口棚之间的荨麻和蔓藤里。约塔姆穿过牲口棚和鸡场，出了基布兹人称之为粪门的后门，走进了田野。很快，小路分了岔，右边通向犁过的田野，左边通向果园，由于极度干热，两条路上都弥漫着灰尘。约塔姆很快便感到灰尘不知什么时候钻到了他的衣服里，落到他汗津津的皮肤上。凝固的空气纹丝不动。他在墓地徘徊，思忖片刻。他可以去看看父亲的墓地，父亲在约塔姆十一岁那年死于肾病。但他决定坐在墓地的长椅上休息五分钟。他想着父亲，基布兹创建人之一，生前在羊圈里干活。"独立战争"期间，戴尔阿吉隆和附近村庄的一伙阿拉伯暴民在深夜入侵耶克哈特基布兹，把基布兹夷为平地，他的父亲身受重伤。六个星期之后，风水轮流转，戴尔阿吉隆被以色列军队摧毁，所有的居民被赶到山里，他们的良田被当地的几个基布兹瓜分。接着，约塔姆想到了阿瑟，他竟敢不遵从基布兹全体会议的决定，与基布兹和以色列断绝了关系，战争结束后拒绝为奋斗目标效力。他创建了只有自己想要的生活。我可以拔腿就走，创立自己想要的生活。大卫·达甘说这一代人，见证了大屠杀和以色列"独立战争"的一代人，都必须为目标而奋斗。约塔姆找不到反对这一主张的理由。他的脑海里突然间浮现"生如草芥"这样一个短语，不由得感叹人生转瞬而逝。

他站起身，沿着耕地里弯弯曲曲的小径又走了二十分钟，来到山上。由于某种原因，约塔姆觉得在小山上不会像在平原上那么炎热。但是路边的荆棘、多刺的仙人掌和斜坡上无遮无拦的岩石似乎在默默地燃烧。约塔姆感到自己好像被汗水淹没了。他喉咙又干又哑，穿在开口凉鞋里的双脚被汗水和沙子磨得生疼。

下午三点，恣意的太阳正在挤压着废墟，令土壤和岩石蒸腾。约塔姆来到被摧毁了的戴尔阿吉隆村。他溜达了约莫四十分钟，双手在毁弃了的清真寺废墟中摸索，弯腰捡起一块掩埋在地里的瓦砾。他沿着布满陶器碎片和荆棘的路径行走。一只受到惊吓的蜥蜴迅速在他脚前移动。空气中的烟味儿犹如反射波；约塔姆不清楚这烟味儿来自何处，也许来自远处什么地方燃烧着的荆棘。最后他来到一口废井旁，井里微微散发着死去生灵的臭味。约塔姆坐在水井边上等待，尽管不知道自己在等待什么，为什么等待。他听到了远方基布兹传来的声音，奇怪，令人忧郁的噪声似乎透过一堵厚厚的石墙传到他这里：模糊的敲击声响，金属和金属碰撞的铛铛声响，隐约的犬吠，马达那刺耳的嗡嗡声。他俯身往废井看，只见一片漆黑。他感到听见了固定、持续的低语，远方大海的软语，就像你把贝壳放在耳边时听到的声音。刹那间，他想象自己已经离开了基布兹，开始了新生活，没有委员会、集体会议、公共舆论或者犹太命运的新生活。过了一会儿，他想到了妮娜·西罗塔，他问自己妮娜是否像多数基布兹人那样会在今晚投票反对他。而后他回答了自己的问题：妮娜和任何基布兹人都没有理由支持他的要求，如果其他年轻人有这种要求，他本人也可能会想他有什么特殊的，也会投反对票。现在他很清楚，真正的问题不是阿瑟的邀请，而是他是否有勇气离开基布兹，离开母亲和哥哥，穿着身上的衬衣就去闯世界。对于这个问题，他没找到答案。荆棘和干树叶扎到他的衣服里。他站在那里，拍打了一下扣子和衬衣，而后转身走去，尽管他更想坐在戴尔阿吉隆的废墟里，坐在废井边上，一动不动地坐在那里，什么也不想，等待。

世 界 语

马丁·温德伯格的邻居奥丝娜特傍晚前来看他。她手上端着一个托盘，里面放着一只用盘子盖着的盘子和一个用茶托盖着的杯子。马丁一个人住，常年抽烟，呼吸道出了问题。下午时分，他会坐在小小的门廊上看报纸，偶尔通过连着氧气箱的氧气罩吸氧，因为他的肺功能正在衰减。他有时夜里也戴上氧气罩。然而，只要有力气，他就会早晨六点起床，到修鞋店里工作三四个小时。他坚信我们必须忠诚于体力劳动的原则。"劳动，"他说，"在道义和精神上都很重要。"

"我从食堂给你带了一点吃的。把报纸放下，吃一点怎么样？"

"谢谢你。我不饿。"

"你得吃东西。就是鸡蛋饼和沙拉。"

"也许过一会儿再说。"

"过一会儿蛋饼就凉了,沙拉就不新鲜了。"

"我也已经凉了,不新鲜了。谢谢,奥丝娜特,你真的不必关心我了。"

"那谁关心你呢?"

自从布阿兹弃她而去,与阿丽埃拉·巴拉什同居,这几个月来,奥丝娜特一直独自住在隔壁。每天傍晚,她都用托盘给马丁端来晚餐,因为上坡去食堂对马丁来说太困难,让他喘不上气。他独自一人来自另一个基布兹,那里住的都是荷兰人。他离开他们是因为观点不同:他们允许大屠杀幸存者把德国人的部分赔款存到私人账户,而马丁也是大屠杀幸存者,他认为财产就是原罪,而德国人的赔款等于不义之财。

这是一个固执、武断的人。他身材瘦削,灰色卷发硬得像钢丝绒,两只乌黑的小眼睛富有穿透力,眉毛浓密,脸颊塌陷,肩背佝偻。他患有肺气肿,呼吸声沉重刺耳。尽管生着病,他有时也会抽上半支香烟,气喘吁吁的,却不肯戒烟。他年轻时在鹿特丹教世界语,但1949年来到以色列之后,就没有机会使用那种非凡的语言。他曾想在耶克哈特基布兹开一门小课,教世界语。他相信国家会被消灭,没有了民族界限之后,国际和平主义者兄弟会将代替国家。他来到我们这里时想学修鞋,不但把我们的鞋子修得很好,而且自己做童鞋和凉鞋。我们管他叫制鞋博士。

在基布兹，他被视为道德模范。在全体大会上，他经常提醒我们为什么发起基布兹运动，基布兹的最初理想是什么。然而也有人认为他古怪，因为他和我们在一起后，从没有误一天工。要是生病了，得在床上躺一两天，他就会在周六给大家修鞋，把耽误的工期补上。他相信整个世界很快便会觉醒，彻底消灭金钱，因为钱是万恶之源，是连绵不断的战争、冲突和剥削的起因。尤为重要的是，他还是个素食主义者。喜剧演员罗尼·辛德林称他是耶克哈特基布兹的甘地。两年前，罗尼扮成马丁·温德伯格的模样前来参加我们的普珥节[1]化装晚会。他披了条白色床单，身后拖了只山羊，山羊脖子上挂着世界语标记，上面写着：我也是人。

奥丝娜特说：

"要是你吃饭，我就陪你待一会儿。我在你睡觉前给你放三首歌。"

"我不饿。"

"要是你吃至少半个蛋饼，我就给你放一首歌；要是你吃半个蛋饼和一些酸奶，我就给你放两首；要是你把沙拉和面

---

[1] 普珥节，犹太历12月14日庆祝，是犹太教传统节日，为的是纪念犹太人战胜哈曼的灭犹阴谋。

包也吃了,你可以给我做简短的讲座。"

"你可以离开。走吧。外面有音乐,有许多小伙子,他们在跳舞。去吧。"

但过了一会儿,他变得温和起来:

"好吧。好吧。你赢了。我吃一点。你自己看着。我吃了。"

奥丝娜特随身带来一台简易录音机,我们给小孩子用的那种。他吃饭时,她就播放《在加利利湖畔》和《据说有一片土地》。马丁吃了几口鸡蛋饼和一点酸奶,做个了鬼脸,碰都没碰沙拉,也没碰面包,但是让奥丝娜特帮忙,抿了几口她从食堂为他端来的杯子里那温吞吞的茶水。他基本上不在房间里放私用水壶或茶杯:聚敛财富是人类社会的祸根;财富慢慢统治灵魂,奴役它,此乃自然法则。马丁也不相信家庭结构,因为一个家庭单位因其本身性质之故,在家庭与社会之间制造了不必要的障碍。他相信应该由共同体,而不是亲生父母来养育孩子:这里的一切都属于我们大家,我们互相拥有,孩子也归我们共同所有。

马丁·温德伯格的房间陈设如同苦行僧的一般简朴:一张床、一张桌子、一只蒙着帘子的大板条箱里挂着他的衣服,另一只放在铁架子上的板条箱用作书架,上面放着用六种语言写成的关于哲学和学术研究的著作，四五本德语、荷兰语和世界语小说，几本诗集和字典，以及一部收有古斯塔夫·多尔绘画的《圣经》。墙上挂着世界语创立者柴门霍夫的一张照片，有朝一日，五大洲的人都会讲世界语，因此个人与民族之间的界限会消除，世界会回归巴别塔咒语之前的状态。

奥丝娜特把马丁扶上床，轻轻抚摸他的额头。她关掉顶灯，留他床头的小灯开着。马丁没有躺下，而是坐在那里，用枕头支撑着头和肩膀，以减轻呼吸的痛苦。每天夜里，他会那样坐在床上等候时断时续的短暂睡眠。奥丝娜特用氧气罩罩住他的鼻子和嘴巴，下面露出塌陷双颊上的灰白胡楂。她抻平毯子，问马丁是否需要别的东西。马丁隔着氧气罩说：

"不要。谢谢。你是天使。"

接着他摘下氧气罩说：

"马丁天性善良慷慨。只是由于社会的不公将其置于自私与残酷之中。"

又说：

"我们都得变得像孩子那样纯真无瑕。"

奥丝娜特站在门口说：

"孩子都被宠坏了，残酷，自私。像我们一样。"

然而，因为他们都没有孩子，也因为他们不想让晚上在争论中结束，两人都没有进一步阐释自己的不同意见，只是互道晚安。她走了以后，马丁床边的小灯依然亮着。他从枕头底下拿出一包香烟，利用奥丝娜特离开的机会，抽了半支，在烟灰缸里把烟头掐灭，喘着粗气，而后把氧气罩放到自己的脸上，呼吸急促而微弱。他倚靠在枕头上，看一个著名的意大利无政府主义者写的一本书，这个无政府主义者认为，权威以及屈从于权威乃是对人性的背离。而后他半坐着打了个盹儿，透明的氧气罩挡住了下半边脸，灯依然亮着，在他床头一直亮到天明，纵然马丁相信浪费是一种榨取，节约是道德需要，但是黑暗令他恐惧。

奥丝娜特临走时拿走了托盘，然而绝大多数食物还剩着。她把托盘放在门廊的台阶上，第二天早晨去洗衣房上班时拿到基布兹厨房。而后她在柏树林里的大路上散了会儿步，花园里的灯把大路照得通明。自从布阿兹弃她而去跟阿丽埃拉同居以来，奥丝娜特变得对周围的一切尤其敏感，注意路人的说话、鸟鸣和狗叫。散步时，她觉得自己听到了马丁叫她回去，但她意识到那只是她的想象，因为即便马丁叫她，她在这么远的地方也不可能听见。

斯拉娃奶奶独自坐在这条柏树大路中间的长凳上，身穿一条宽松的棉布裙、开口凉鞋，露出粗糙、弯曲、发红的脚趾。她既是寡妇，又是失去孩子的母亲。基布兹人一律怕她，他们叫她巫婆，叫她妖怪，因为她总是数落人，如果有人惹她生气就会当面发难。奥丝娜特跟她打招呼说晚上好，斯拉娃奶奶用一种嘲弄苦涩的腔调问："怎么回事，究竟是什么使这个炎热潮湿的晚上这么美好？"

奥丝娜特回到她的住处，给自己倒了一杯加了柠檬露的冷水，脱掉凉鞋。她光脚站在敞开的窗子前，自言自语，似乎多数人需要的温暖与温情比别人所能给予的多，基布兹委员会的人无法弥补供求之间的赤字。她想，基布兹在社会秩序方面有些微改变，但是人难以满足的天性没有改变。委员会表决将永远无法根除嫉妒、狭隘与贪婪。

她洗净杯子，把它倒放在干燥架上，脱衣上床。她家和马丁家只隔了一道薄墙，她知道要是他咳嗽或气喘的话，自己会立即醒来，穿上睡袍，急忙到隔壁帮忙。她睡觉很浅；耳朵可以听见黑暗中的声声犬吠，夜鸟的声声尖叫，浓密丛林中风儿的声声叹息。但是夜晚静静地过去，只听得夜风吹过无花果树。黎明前夕，草坪上落下浓浓的露水，月光洒向万物，照亮了晶莹剔透的淡银色露珠。

鸽子像平时一样在六点之前便把奥丝娜特唤醒。她洗澡，穿衣，敲敲马丁家的房门看看他身体如何，收起昨天的托盘，去往洗衣房。马丁从床上起来,慢慢地穿上衣服,弯腰穿鞋。一用力,他便喘不上气。他喝了些水,用基布兹健康委员会分配给他的一辆旧婴儿车推上他的氧气箱,去修鞋铺。他走路缓慢,费劲儿地拖动双脚,因为觉得呼吸困难,尤其是上坡时。在电工房附近,他碰见了电工纳胡姆·阿塞洛夫,两人一起谈论了一些政治问题,还有本-古里安政府。纳胡姆说政府正在用报复性的突袭惹怒整个世界,马丁回答说,任何政府都是多余的,毫无例外,我们的政府更是双倍多余,因为犹太人已经向世界展示了一个没有政府的民族可在精神上和社会上生存,甚至兴旺达数千年之久。马丁一边说话,一边点燃一支香烟,但是没抽上两口,又被呛到了。他把烟掐灭,把烟头放回衣兜里。

纳胡姆·阿塞洛夫说:

"别抽了,马丁。你不该抽烟。"

"我们不该告诉别人该做什么,不该做什么,"马丁说,"我们生来都是自由的,但是我们用自己的双手给对方戴上镣铐。"

"我们相互提防。"纳胡姆叹了口气说。

马丁塌陷的嘴唇上露出一丝笑意:

"没事的,纳胡姆。你肯定得告诉我别抽烟,我肯定得抽烟。我们都做了自己想做的事。没事的。"

在修鞋铺，马丁坐在一个柳条凳上，空中弥漫着皮料、上光剂和黏胶的浓烈气味。他把氧气箱放在旁边的一个板条箱上，戴上氧气罩，而后，手持一把修鞋匠用的利刀，沿着以前他用铅笔画的线，从一块皮上准确地切下左脚的鞋底。前面的地板上放着一小瓶温水，他时不时轻轻地拉下氧气罩，抿上两三口。工作，他对自己说，使我们回归童年时代的单纯与纯净。他想起一首古老的西班牙歌曲，西班牙内战时期对共和国士兵的颂歌，开始小声哼唱起来。

八点刚过，基布兹书记约阿夫·卡尔尼进来说：

"我打扰你几分钟。我们需要谈谈。"

"坐吧，年轻人。"马丁说着，把氧气罩从板条箱上拿下来放在脚边的地上。接着他又说：

"这里没什么可坐的地方。坐板条箱上吧。"

约阿夫坐下来，马丁抱歉地说没有咖啡可以招待他。约阿夫谢过他，说不需要。马丁认为约阿夫这个年轻人诚实、敬业和谦虚，但是，与他的同代人一样，他没有清晰明确的世界观。马丁相信他们都是好人，为人正派，准备承担任何艰苦的工作，但是他们都没有激情，对社会的非正义没有那么义愤填膺。既然领导权已经从先驱者传给了约阿夫和他的朋友们，基布兹就注定逐渐滑向小布尔乔亚。当然，所有女人将会是这一进程的催化剂。再过二三十年，基布兹准会变成受到悉心照管的花园共同体，居住着沉浸于物质享受的房屋拥有者。

约阿夫说：

"是这样。最近，一些人来和我说你的事。健康委员会派利亚·辛德林和我谈话。医生告诉她，你绝不能在店里工作了，我们都同意他的说法。这个棚子缺乏新鲜空气，憋闷，皮和黏胶的气味绝对有损健康。整个基布兹都觉得你干得够多了，马丁。现在该休息了。"

马丁摘下氧气罩，从衣兜里掏出揉皱了的半支烟卷，颤抖着手把烟卷点燃。他吸了一口烟，又被呛住了。

"谁到鞋铺里来上班呢？也许是你吗？"

"我们已经找到了临时接替你的人。附近的新移民营里住着个来自罗马尼亚的鞋匠。他没有工作。从道义上说，我们应该在这里给他安排工作，给他钱养家。"

"又一个拿薪水的雇员？又一个自力更生原则灵柩上的钉子？"

"等我们找到一个可以替代你的人。"

马丁在鞋匠工作台上小心地把烟摁灭，掸掉黑色的烟灰，把烟头装进衣兜里，又咳又喘，但是没有重新戴上氧气罩。布满灰胡楂的脸上露出挖苦的神情。

"那我呢？"他微微一笑，"我就结束了吗？完蛋了吗？准备扔进垃圾桶了吗？"

"你呢，"约阿夫说着，把手放到马丁的肩膀上，"你可以来办公室，每天上午来和我一起工作一两个小时。整理报纸。我们决定从现在开始把所有文件都保存在书记的办公室里。不是真正的档案馆，而是与之相似的东西。我们称之为未来档案馆的种子。你在办公室把材料归档。远离鞋铺里令人窒息的空气。"

马丁·温德伯格捡起一只布满灰泥的工作鞋，鞋底已经损坏。他把鞋子小心翼翼地倒放在铁脚上，在鞋底里层涂了层散发着酸味的厚胶，拿起几个小钉子放到工作台上，用小锤子准确地敲了五六下，把鞋底和鞋子钉在一起。

"你们怎么能仅仅因为一个人健康状况恶化就违背他的意愿不让他工作呢？"马丁低声说，好像在自言自语，而不是在对约阿夫说话，"这里的达尔文主义罪行简直无法想象。"

"我们只是为你担心，马丁。我们都希望对你有好处。做决定的实际上是医生，不是我们。"

马丁·温德伯格没有回答。他左边有一个脚踏的小缝纫机,他用它缝制破了的凉鞋。他把针往皮带上戳了两下,用颗小金属钉把刚刚缝好的针眼加固,把修好的凉鞋放在身后的架子上。约阿夫·卡尔尼站起身,把氧气箱轻轻地放回到他所坐的板条箱上,吞吞吐吐地说:

"这事不急。马丁,只是请你想想。考虑考虑我们的建议。或者更准确地说,考虑我们的请求。记住我们大家只是为你好。每天在办公室整理一两个小时的档案也是工作。毕竟,基布兹有权给员工调配适合他的工作。"

离开的时候,约阿夫犹豫着重复:

"不要急着给我们回复。仔细考虑一两天。要有理性。"

马丁·温德伯格没考虑约阿夫的建议,一两天之后没有回复,一两个月之后还是没有回复。他的呼吸状况恶化,但还是戒不掉半支烟。他对每晚从食堂给他拿饭菜和水的奥丝娜特说:

"人本质上是好的,慷慨而正派。是环境把我们给腐化了。"

奥丝娜特说:

"可是环境是什么?还不就是别人。"

马丁说:

"奥丝娜特,在战争期间,我躲避纳粹,但是有几次我从近处观察他们。就是简单的人，根本不是什么妖怪，有点孩子气，吵吵嚷嚷，喜欢开玩笑，弹钢琴，喂小猫，可是他们都被洗脑了。洗脑是他们做可怕之事的唯一原因，即使他们本人并不可怕。他们毁了。堕落的观念把他们给毁了。"

奥丝娜特没有说话。她认为在这个世界上残忍多于怜悯，有时甚至怜悯也是一种形式的残忍。她打开录音机，播放了三四支曲子，道晚安，把马丁几乎原封未动的托盘拿走。她认为残忍已经在我们所有人身上根深蒂固，就连马丁也或多或少地有些残忍，至少对他自己来说是这样。但是她感到与他争论没有任何意义，因为信仰使他快乐，也因为他也许从来不蓄意伤害他人。奥丝娜特知道马丁病了，健康状况恶化。她已经和医生谈过了，医生告诉她马丁的状况不会好转，等到不能呼吸了，就得把他送进医院。利亚·辛德林代表健康委员会建议让奥丝娜特每周抽四小时工作时间照顾马丁，可奥兹娜特说出于友谊，自己无论如何也会照顾他，不需要补偿。她和病人一起度过的夜晚时光，他们简短的谈话，他的感谢，他为她打开的理想与思想的世界，均令她备加珍惜。一想到他们的友谊即将终结，她便颤抖不已。

奥丝娜特有一天把马丁用尖长字体写的通知挂在了食堂

入口的布告栏里：

> 致感兴趣者：每周三晚上六至七点，马丁·温德伯格将会在社会俱乐部开设世界语初级班课程。
>
> 世界语是一门新兴的简单语言，目的在于联合所有人，至少成为所有人的第二语言。其语法简单，合乎逻辑，没有超乎寻常之处，几次课之后你就可以讲世界语，并用世界语写作。感兴趣者请在通知下面登记姓名。

有三人报名：第一个是奥丝娜特本人，而后是兹维·普罗维佐尔，最后是高中低年级学生莫沙伊·亚沙尔。周三，马丁推着他的氧气箱，拖着脚步挪向社会俱乐部，讲授他的第一堂世界语课。奥丝娜特和他一起走过去，试图轻轻地搀扶他的胳膊，可他挣脱了她的搀扶，坚持自己走。他挪动着双脚，不时地停住脚步，上坡时上气不接下气，可是他意志坚定，提前了大概十分钟来到俱乐部。他坐下来等候学生，抽了半支香烟，戴上氧气罩呼吸，快速浏览晚报，看到的只有野蛮和丑恶，还有一堆堆洗脑药。奥丝娜特拿过放在角落的茶壶给他倒了杯茶，马丁又粗又糙的手在她手背上放了一会儿。她的手指纤细而修长，布阿兹离开之前、她戴婚戒的那道苍白印记依然可见。她把手从他手下抽出来，放在他的手背上。他们就那样默默地坐了一阵儿。她的手指盖住他的，前者的指甲因为缺氧有些发蓝。门开了，兹维·普罗维佐尔走了进来。他小声说了声晚上好，在收音机旁的角落里坐了下来，他的后背圆滚滚的，布满皱纹的褐色面庞埋向双膝，默默地等待。马丁称赞他建造的基布兹花园，奥丝娜特加了一句："我尤其喜欢你在食堂广场搭的葡萄架、建造的喷泉。你把耶克哈特基布兹弄成了个适合散步的愉快地方。"

兹维谢过他二人，说麻烦的是这里的一些年轻人在他刚浇过水后就穿过草坪，把草坪毁了。说着话，莫沙伊·亚沙尔走了进来，彬彬有礼地问这门课是否只是给基布兹员工开的，高中生能否参加。马丁·温德伯格说：

"我们没有任何界限或者限制。我们基本上反对界限。"

马丁咳嗽着从简介讲起："当所有人讲一门语言时，就不会再有战争，因为他们的共同语言会避免在个体与民族之间产生误会。"兹维·普罗维佐尔说德国犹太人和德国人讲同样的语言，可是那并未阻止德国人追捕他们，杀戮他们。莫沙伊·亚沙尔胆怯地举起了手，等马丁叫他说话时，他指出该隐和亚伯或许也讲同样的语言。马丁问，如果那是真的，那他为什么要来学世界语。男孩没有立即回答。最后，他谦卑地小声说，学世界语可以有助于他以后学其他语言。

马丁抽了半支烟，气喘吁吁，咳嗽得厉害，解释说世界语顶多不过八千个词根，所有必要的词汇都从这八千个词根里衍生出来。词根本身来自希腊文和拉丁文。正好有十六种语法规则，没有不规则变化或者例外。持续近二十五分钟的第一堂课结束时，马丁教学生们用世界语说《创世记》中的第一句话：起初，神创造天地。

兹维·普罗维佐尔利用空闲时间把波兰作家伊瓦什凯维奇的作品翻译成希伯来语。他思忖片刻说世界语确实显得简单，合乎逻辑，在他看来有点像西班牙语。莫沙伊·亚沙尔在笔记本上记下全部内容。马丁说，不准确的词汇到处破坏人与人之间的关系，而清晰准确的词汇可以治愈那些关系，但条件是必须是正确的词汇，必须用所有人都懂的语言讲出。莫沙伊·亚沙尔什么话也没说，但认为早在词语产生之前，世界上就产生了忧伤。当马丁使用"没有妥协"这一短语时，莫沙伊觉得，就连马丁偶尔决定只抽半支香烟不抽一整根烟，实际上也是一种妥协。

课后，奥丝娜特陪马丁和装有他氧气箱的婴儿车回家。他非常疲倦，后背疼痛，呼吸如此吃力，他决定不抽原打算当晚晚些时候要抽的半根香烟了。奥丝娜特劝他半天，他才吃了一点酸奶；而后她帮他脱下鞋子，他坐到床上，身后垫着几个枕头，等候可来亦可不来的睡意。她用录音机放了两首歌，道过晚安，把晚餐托盘收起，放到门廊的台阶上，而后她沿着柏树路做晚间散步。深夜，她透过隔断其床铺的那层薄墙听见他咳嗽，可是当她披衣前去查看时，咳声止住了，直到早晨也没有动静。

第二次世界语课延期了，因为上课前一天，马丁·温德伯格病情恶化，被救护车送到了医院，进了重症监护室的氧气舱。上午探视时间，健康委员会的代表利亚·辛德林坐在他床边，下午奥丝娜特替班。马丁多数时间双眼紧闭。他偶尔小声咕哝着什么，甚至微笑。他双眼塌陷，钢丝绒般的头发凌乱不堪。跟他说话时，他只是点点头。有几次，他设法对看护他的女人们说些感激的话。傍晚，他抱怨自己无法集中精力思考。有一次，两个动作麻利的护士来给他换睡衣，他突然露齿而笑，告诉她们说死亡基本上也是无政府主义者。"死亡并不敬畏身份、财产、权力或头衔；在死亡面前，人人平等。"这些话从他口中说出，时断时续，不太清晰，但是坐在他身边的奥丝娜特懂他，感到马丁对她是那么宝贵。她现在得想办法告诉他这一切。然而她找不到合适的词语，只能用两只冰凉的小手握住他温暖的手指。

五天后,他的肺再也吸收不了流进去的氧气,他窒息而死。奥丝娜特坐在他身边,轻轻地抚摸他的额头,为他合上双眼,之后她到走廊里给约阿夫·卡尔尼打了电话。约阿夫派来一辆厢式货车把奥丝娜特接回家中,并把马丁的遗体运回基布兹俱乐部。在俱乐部,遗体被覆盖上一条黑色布单,整夜停放在那里,等候第二天下葬。约阿夫在食堂外面的通知栏里贴了一小张通知,那是他用一个手指在办公室的打字机上打出的:

我们的朋友马丁·温德伯格已于今晚逝世。

明天上午十点举行葬礼。

如果谁知道马丁有任何亲属,请立即告知约阿夫。

没有找到马丁的任何亲属。只有耶克哈特基布兹的成员参加马丁的葬礼。那是一个淡蓝色的上午,致哀者不会因炎热而不适,惬意的微风从西面吹来,让他们的肌肤感到凉爽。墓地周围的柏树梢在微风中轻轻抖动。空中一大群蝴蝶拍动着翅膀,与之交织的是田野、果园与远处篝火的气息。来了五六十位基布兹员工,因为葬礼是在工作日举行,他们都穿着工作服。他们站在敞开的墓穴四周等待。没有宗教仪式,因为马丁给社会委员会留了个便条,说下葬时不需要唱诵,不需要祈祷。

老师大卫·达甘代表全体基布兹成员说了几句话。他把马丁·温德伯格描绘成了一个无政府主义者，终生遵守其信仰。"几乎直至临终，"大卫·达甘说，"马丁一直在修鞋铺工作，好像对我们每走一步，都负有象征性的责任。"

约阿夫·卡尔尼代表基布兹致简短悼词。他指出，马丁终身未娶，大屠杀期间藏身于荷兰。"他亲眼看到了人类是怎样沦落的，但是他仍旧来到我们这里，对人充满了信赖，相信未来燃烧着正义之光。我们常常感到震惊，"约阿夫说，"他对自己的理想如此诚实而忠贞。他是个知识分子，也是相信体力劳动重要性的人，一个坚持原则的人，一个不屈不挠努力工作的人。"而后约阿夫赞扬奥丝娜特，在马丁生病时尽心照顾，最后他希望马丁·温德伯格及其所代表的一切将会继续成为启迪大家的源泉。

致悼词后，约阿夫请奥丝娜特用录音机播放了一首马丁喜欢的歌曲。一些致哀者和她一起小声哼唱起来，其他人只是动动嘴唇。

兹维·普罗维佐尔、纳胡姆·阿塞洛夫、罗尼·辛德林与其他几位基布兹员工一起用铁锹铲土扔到棺材盖上。尘土扬起，似乎用一种干枯、空洞的声音敲打着棺椁。罗尼·辛德林在土堆上绊了一下，要是大卫·达甘不抓住他的胳膊把他扶稳的话，就摔倒了。奥丝娜特想着约阿夫用来形容死者的"不屈不挠"一词，决定不喜欢这个词。然而，她因出席葬礼的所有人而感到一种温暖，虽然她并不知道这种温暖来自何处，但她知道这种温暖会陪伴她很久。

棺材已经完全被掩埋，一小片尘云在新坟上盘旋。罗尼·辛德林说：

"行了。"

接着又说：

"他走了真是遗憾。活人当中像他这样的不多了。"

他捡起用来填坟的五把铁锹，放到一个小手推车上，转身便走。其他哀悼者也跟着他走，三人一群，两人一伙，纷纷离开墓地去上班。大卫·达甘提醒莫沙伊下节课十五分钟以后开始。他走了。莫沙伊等了两三分钟也走了。奥丝娜特在小土丘旁逗留片刻，只听得鸟声啾啾，远处传来拖拉机的隆隆声响，她的内心感到宁静，好像她参加的不是葬礼，而是一场令人满意的友好会谈。她突然产生某种渴望，想用世界语默默地说两三个词语，然而她没有来得及学任何东西，也不知道要说什么。

译后记

奥兹与他的以色列基布兹世界

无论是接受媒体访谈还是学友询问,我经常会遇到以色列基布兹是一个什么样的所在、对奥兹有何种影响、基布兹现状如何等问题。尤其是近年在"一带一路"的背景下,与基布兹相关的话题就更多了。

基布兹:带有理想主义色彩的乌托邦

基布兹(Kibbutz)字面为"聚集、聚居"之意,指的是以色列一种以农耕为主的共同体。从历史上看,基布兹是以色列的一个特殊产物，20世纪初由第二次移民到巴勒斯坦地区的拓荒者创建。这些充满激情的新移民在社会主义和"回归土地"理念的感召下从东欧来到巴勒斯坦，但展现在他们眼前的不是辽阔的平原，而是贫瘠的沼泽、沙漠和湖泊，与怀旧歌词中所描绘的祖先生存过的土地截然不同。那里气候恶劣，无法可依，住所经常遭到游牧民族贝督因人的袭击。在这种情况下，集体居住似乎是最合乎逻辑的方式。加之，这些主要来自俄国的年轻人，梦想着耕耘自己的土地。建立集体农场可以从经济上积聚资本，为长期生存做打算，所以从1909年开始，便有了由十几个青年男女组织起来的劳动团体"德加尼亚"（Dagenia），这便是巴勒斯坦土地上第一个基布兹的雏形。其理念便是用双手耕耘土地，建造家园。其后，新基布兹不断出现，基布兹人员也不断增加。1922年，巴勒斯坦地区大约有七百人居住在基布兹，到了1950年代以色列建国后，基布兹人口已达六万五千人，约占整个国家人口的百分之七点五。

基布兹就像一个乌托邦社会。按照创建者的理念，在基布兹，人人平等，财产公有，大家从事不同形式的农业劳动，一起在集体食堂吃饭，儿童们住在集体宿舍，由基布兹统一抚养，只有周末才回家与家人团聚。在基布兹，犹太人不仅在形式上有了归属感，而且有了找到家，找到爱，找到关怀之感。当你受到伤害时，整个共同体会如同一个器官那样做出回应。一切让人感到温暖和安全。

基布兹在以色列国家的创建过程中起到了至关重要的作用。早在以色列建国之前，基布兹成员不仅开荒种地，而且组织了各种军事武装，抵御当地阿拉伯居民和贝督因游牧民族的侵袭，并积极参与1948年的第一次中东战争，为保卫新建的犹太国家献身。1949年，第一任以色列总理本-古里安在讨论新的兵役法时提出，所有的士兵，无论男女，都有义务在基布兹或农业合作社服务一年，以增强"拓荒者"意识。但是，以色列的基布兹近年来面临私有化加剧等诸多问题的挑战。一些从事基布兹题材创作的以色列作家几乎不约而同地探讨为何一度生机勃勃的共同体逐渐萎缩。

基布兹之于奥兹

奥兹虽然在20世纪30年代出生在耶路撒冷，但十二岁那年其母自杀，一年后父亲再婚，十四岁的他决定离家前去胡尔达基布兹（Kibbutz Hulda），并把姓氏从克劳斯纳改为奥兹，表明同以父亲家族为代表的耶路撒冷旧世界断绝关系。基布兹对于塑造奥兹的个人身份乃至以色列人的集体身份，对于成就作家奥兹及其作品，起到了至关重要的作用。

基布兹不仅送奥兹前去希伯来大学攻读哲学与文学，而且赋予他创作灵感，启迪他逐渐步入文学殿堂。他的早期作品，如短篇小说集《胡狼嗥叫的地方》（1965），长篇小说《何去何从》（1966）、《沙海无澜》（1982）均以基布兹生活为背景；其晚年代表作《爱与黑暗的故事》（2002）又以大量篇幅展现了基布兹的微观世界。

《朋友之间》与时下的基布兹

即使在年逾古稀之际，在离开基布兹二十六年之后的2012年，奥兹仍对基布兹念念不忘，创造了反映基布兹人心路历程的短篇小说集《朋友之间》，算是对基布兹生活的又一次回归。收入小说集的八个短篇均以虚构的耶克哈特基布兹为背景，既可独立成篇，又可视为一个整体，反映出20世纪50年代以色列基布兹（与中国的人民公社几乎同期）生活的诸多层面。

第一个短篇小说《挪威国王》中的主人公普罗维佐尔是个园丁，素有"灾难天使"之称，热衷于在第一时间向基布兹传播各种坏消息,如火灾、地震、洪水暴发等灾难性事件。他虽然不拒绝与丈夫在加沙丧生、深受基布兹尊重的教育工作者露娜约见,谈天说地,但拒绝与包括露娜在内的任何人发生肢体接触。当露娜触犯这一禁忌后,他不再与之见面,导致后者一度放任自己,最后离开了基布兹。普罗维佐尔禁止别人触碰的行为貌似个人癖好,实际上反映出现代人内心的孤独情境。

孤独以各种形式弥漫在集子中的每部作品中。《两个女人》中的奥丝娜特独自在洗衣房工作,"她整天开着收音机,借此平息孤独的心境"。原因在于,曾经的丈夫布阿兹红杏出墙,一度钟情于另一个离了婚的基布兹女子阿丽埃拉,并与之同居。但二人之间亦有隔膜,于是两个女人便开始了书信往来,讨论伤害她们的同一个男人。标题小说《朋友之间》中的十七岁少女埃德娜的母亲和兄长均已离世,她是父亲纳胡姆如今唯一的孩子,父亲在基布兹当电工,她在基布兹学校读书,几个月后就要去服兵役。父女俩虽然相互关怀,但话题从不触及情感,从不触及彼此,也从不触及死去的亲人。父亲并不了解女儿的社交与私生活,直到有一天,女儿搬进了父亲的朋友、五十来岁的基布兹创始人大卫·达甘的家,父亲将此视为朋友对自己的背叛,于是鼓起勇气,决意将女儿找回……《父亲》涉猎创伤体验与重塑新移民的问题。塞法尔迪男孩莫沙伊居住在基布兹，但经常到医院看望显然经历过创伤的父亲。以大卫·达甘为首的基布兹人尽管准假给他，但并不赞同这种做法，而是希望他与家人断绝关系，进而暴露出以色列建国之初的反大流散倾向。《世界语》的主人公温德伯格是一位大屠杀幸存者，患有创伤后应激障碍，或者说创伤后遗症。他反对接受德国人赔款，从其他基布兹搬到这里。他尽管身患重疾，但不肯放弃修鞋的工作。他一直希望大家都掌握世界语，借以消除个人与民族之间的冲突。但当他拖着病体讲授第一节世界语课时，只有三个学生，其中包括他的邻居、照顾他起居的奥丝娜特。小说最后，温德伯格撒手人寰。他没有子嗣，基布兹为他举办葬礼。众人散去后，只有奥丝娜特独自留在墓地，这意味深长的结局令人不免对现代人之间的关系产生追问。《戴尔阿吉隆》与《小男孩》触及的是基布兹的集体主义体制与教育体制问题。《在夜晚》将主要视点集中在基布兹的家庭危机与生存境遇问题。小说主人公卡尔尼是基布兹出生的第一个孩子，也是由基布兹孩子担当书记的第一人，在是留在基布兹还是到别处享受私人生活的问题上与妻子意见相悖，尽管他也认为基布兹对女人不公平，她们的平等建立在必须像男人那样工作，像男人那样行事，摒弃一切女性特征之上。卡尔尼尽管努力改变现状，但无济于事。就在他当班的夜晚，基布兹女子妮娜来向他反映家庭生活的不幸，以及与丈夫分手的愿望。妮娜不仅妩媚动人，而且头脑敏锐。这场夜谈不仅让卡尔尼的心中泛起涟漪，也令中途碰到他们的目击者想入非非，而第二天他们将会成为整个基布兹茶余饭后的揶揄目标。

奥兹曾在接受笔者采访时指出：创建基布兹是个出色的理念，但"人不是神，人有其弱点"，人性中与生俱来的自私与欲望拉开了理想与现实的距离。就像基布兹领导人卡尔尼所认知的，基布兹的最初理念是否定孤独这一概念的，但如今一个孤独的单身汉在基布兹比在别处还要艰难。基布兹强调集体主义至上，个人的一切想法与行动在这里均暴露在光天化日之下，隐私得不到保护，人性中的某些基本需求也遭到压抑。比如《戴尔阿吉隆》中的青年约塔姆得到在意大利经商的舅舅的邀请，去意大利读书，但需要基布兹集体表决来决定他能否成行。抛开青年是否具备读书素质不论，仅就出国留学需要集体表决这件事而言，基布兹青年与基布兹外的以色列青年的命运则大不相同。在个人与集体观念发生冲突时，许多年轻人选择离开基布兹，到外面寻求更好的发展。

奥兹在接受以色列《国土报》采访时曾说，《朋友之间》

是"关于人性的一座终极大学"。通过种种日常生活琐事，他探讨人性深处的渴望与欲求，善良与阴暗。善良给予人的是奥丝娜特和温德伯格在一起时所体会到的那种温暖，尽管这种温暖有可能转瞬即逝。而人性中的某种阴暗的东西则会对整个共同体产生危害。进一步说，在基布兹，并不能完全实现所谓的平等理念。出现在几篇小说中的大卫·达甘，身为基布兹的奠基人和领导人之一，确实体魄强健，口才好，在许多情形下关心他人，代表着犹太复国主义先驱者对新希伯来人的期待。但他满口原则，过于自信，甚至刚愎自用。他是一位马克思主义者，无论是谈论意识形态问题，还是日常生活，大家都要接受他的权威阐释。他担任基布兹的历史老师多年，频繁地更换情人，甚至染指自己十七岁的女学生。在基布兹这个小圈子内，达甘所表现出的强势政治经常具有一种威慑力。在对约塔姆能否出国留学做集体表决这件事上，大家各自怀揣私念，人心复杂而微妙，进而反映出基布兹人身上固然保持着纯朴、善良、乐于助人等诸多优秀品质，但也不乏嫉妒、狂妄、自私、盲从、夸夸其谈、喜欢散布流言蜚语等许多弱点。而《小男孩》中，基布兹幼儿园的孩子欺凌弱者的种种举动更让人不寒而栗。从这个意义上来说，基布兹并非一个纯真的世界，或者在很大程度上并非一个纯真的世界。人们虽然生活在共同体当中，但内心十分孤独，无法避免日常生活中的种种失望。人在对现实感到失望之时，往往寄希望于未来：

"再过一二十年，"妮娜说，"基布兹会变成一个比较轻松的地方。现在所有的弹簧都绷得紧紧的，整个机器都在紧张运转。老住户实际上都信教，抛弃了旧宗教，再去寻找一种新宗教，它也充满了罪恶与过失、清规戒律与严苛的规章制度。他们没有停止做真正的信仰者，他们只是把一种信仰制度变成另一种。马克思就是他们的《塔木德》。他们的全体会议就是犹太会堂，大卫·达甘就是他们的拉比。这里有些人，我可以轻而易举地用胡子和鬓发勾勒出他们的样子。但是时代在逐渐变化，别人，更为轻松的人会来，约阿夫，像你一样，他们会是充满耐心、疑虑和怜悯的人。"

那么二十年后，基布兹的生存状态又将如何？

奥兹夫妇在2016年访问北京时，夫人尼莉数次怀旧地给大家看一张老照片，那是七十多年前她在帐篷中出生时的情形，显示出在20世纪30年代，基布兹的生活相当贫困。在土地和水源都很有限的情况下，以色列国家和基布兹领导人意识到纯农耕的局限与工业种植的益处，因此早在20世纪三四十年代之交，他们便不再提倡反工业化政策。到20世纪五六十年代，一套涵盖面较广的基布兹工业经济模式在以色列业已成形。

如今，以色列已经发展成一个现代化的高科技国家。与奥兹小说中的基布兹相比，现实中的基布兹则面临更为严峻的新挑战，乃至危机。由于受到全球化和资本价值观念的影响，个人价值与基布兹集体价值发生冲突，基布兹成员逐渐不再认同原有的按需分配理念，多数成员希望自己拥有家庭财产与个人资本。自20世纪90年代以来，许多基布兹根据其成员所从事工作的市场价值发给其不同档次的工资。一些基布兹成员在基布兹之外创办实业，赢取高额利润。外出接受高等教育的基布兹青年一代多不愿再回到封闭的基布兹小天地之中，基布兹社会的老龄化倾向愈加凸显，人口也在逐渐削减。据统计，1989年，以色列的基布兹人口大约有十二万九千人，而2010年已减至十万人。随着时间的推移，基布兹那种带有乌托邦色彩的集体合作经济无疑会日渐衰落，甚至将会走向终结。

奥兹在回答当年为何选择居住在基布兹时说，生活在"充满耐心、温情与怜悯的"人中间，能够实现其乌托邦理想。然而，仅有"耐心、温情与怜悯"并不足以支撑他的乌托邦梦想。

作为奥兹八部小说的译者和希伯来文学学者,我想说《朋友之间》虽然不是奥兹最重要的作品,但其中人物与意象丰富,文字优美动人,意蕴深邃,就像流动的乐章,令人回味无穷。

图书在版编目（CIP）数据

朋友之间/(以)阿摩司·奥兹（Amos Oz）著；钟志清译. —南京：译林出版社，2018.7
（阿摩司·奥兹作品）
ISBN 978-7-5447-7321-8

I.①朋… II.①阿…②钟… III.①短篇小说 - 小说集 - 以色列 - 现代 IV.①I382.45

中国版本图书馆 CIP 数据核字（2018）第 066514 号

Between Friends　by Amos Oz
Copyright © 2012 by Amos Oz
This edition arranged with The Wylie Agency (UK) Ltd
Chinese translation copyright © 2018 by Yilin Press, Ltd
All rights reserved.

著作权合同登记号　图字：10-2015-278号

朋友之间　[以色列] 阿摩司·奥兹　/ 著　钟志清　/ 译

责任编辑　彭　波
装帧设计　韦　枫
校　　对　显　一
责任印制　颜　亮

出版发行　译林出版社
地　　址　南京市湖南路1号A楼
邮　　箱　yilin@yilin.com
网　　址　www.yilin.com
市场热线　025-86633278
排　　版　南京展望文化发展有限公司
印　　刷　恒美印务（广州）有限公司
开　　本　850毫米×1168毫米　1/32
印　　张　5.375
插　　页　4
版　　次　2018年7月第1版　2018年7月第1次印刷
书　　号　ISBN 978-7-5447-7321-8
定　　价　38.00元

版权所有·侵权必究

译林版图书若有印装错误可向出版社调换，质量热线：025-83658316